女難の相あり

占い同心 鬼堂民斎②

風野真知雄

祥伝社文庫

もくじ

目次イラスト／熊田正男
目次デザイン／かとう みつひこ

人巻き寿司《ずし》

一

町の易者《えきしゃ》――というのは世をあざむく姿、そのじつは南町奉行所隠密《おんみつ》同心である鬼《き》堂民斎《どうみんさい》は、高輪《たかなわ》に出る予定を急遽《きゅうきょ》変更して、三十間堀《さんじっけんぼり》にかかる紀伊国橋《きのくにばし》のたもとに腰を下ろした。なぜ、ここにしたかというと、住まいである長屋にいちばん近い橋がこの橋だからである。

風邪《かぜ》をひいた。咳《せき》はさほどでもないが、腹にきたため、急に厠《かわや》に駆け込みたくなる。そのため、長屋から数十歩で行き来できるところに座ったのだ。

本当なら休んで長屋でごろごろしていたい。

ところが最近、上役である与力の平田源三郎《ひらたげんざぶろう》が、しょっちゅう民斎の仕事ぶりを見張りにやって来るのだ。もしも、寝ているのが見つかったりすれば、

「養生所廻《ようじょうしょ》りに替わってもらってもいいのだが」

と、脅《おど》されるのはわかっている。

養生所廻りというのは、小石川《こいしかわ》にある幕府の設置した医療施設の担当のことである。ここの担当になると、毎日、年寄りや病人ばかりと接するせいか、

「ひと月で一年分は老ける」

と噂《うわさ》されている。二年もいたら、二十四年分も老ける。じっさい、二年前に三十七歳でここの担当になった者が、つい最近、「めっきり疲れたので十六の倅《せがれ》を見習いに出し、自分は隠居したい」と願い出た。この空きを埋める人員を探している。もしかしたら、民斎に白羽の矢が立つかもしれない。

民斎はただでさえ女にもてないのだから、そんな目には遭《あ》いたくない。かくして、風邪を押してでも、仕事をしなければならないわけである。

座るとすぐ、客が来た。こんなことはめずらしい。前に立ったのは、五十がらみの、やけに深刻そうな顔をした男だった。

「あのう」

「どうしました？」

「悩みがありましてね」

易者のところに来る者は、皆、悩みを抱えてくる。いいことの報告を易者にしに来る者は、民斎もいまだかつて会ったことがない。

「うかがいましょう」

「わたしは新両替町《しんりょうがえちょう》二丁目のとある店で番頭をしておりましてな。ところが、このところ、店に通うのがつらくて、朝起きると、ああ、今日は店に行きたくないなあ、と思ってしまうんです。今日も起きてから一刻《いっとき》（二時間）ほどぐずぐずしていまして、やっといまから店に出るところなんです」

「ははあ」

この手の人は少なくない。民斎のところにも何人か来た。職人よりはお店者《たなもの》に多い気がする。

民斎に言わせれば、怠《なま》けたいというのは当たり前の気持ちである。風邪などひいてなくとも、民斎は毎朝そう思う。さあ、今日もばりばり働くぞ、店まで走っていくぞと、そういう奴のほうがよほど変だろう。

だが、この悩みを抱く者は、怠けたいという自分が許せないのだ。このため、これでは駄目だと自分を責め、ますます行きたくなくなるという悪循環《あくじゅんかん》に陥《おちい》る。

こういう御仁《ごじん》はもともといい人なのだ。

それが証拠に、平田源三郎などは、こんな悩みを持ったことがない。毎朝、嬉《うれ》しそうに奉行所に出て来ては、民斎たち部下の同心に、しこたま仕事を押しつける。

「もしかして、けっこう大きな店じゃないかい？」

「間口は十四間《けん》（約二十五メートル）ほどあるかな」

新両替町に間口十四間といったら、たいした大店《おおだな》であり、そこの番頭といったら、よほどの遣り手《やりて》だろう。

だが、この行きたくないという気持ちに苦しむのは、むしろ大店に勤める者が多い。

「そりゃあたいしたもんだ」

「住まいと店の方角が悪いのかもしれない。方位は観《み》られるのかい？」

「もちろんだよ」

店と住まいの場所を聞いた。

風水の方位図にあてはめてみたが、方位はとくに悪くない。

「方角のことは問題ないね」

「そうかい？」

「仕事は順調かい？」

「ああ、店は儲《もう》かってるよ」

「でも、なにか仕事で嫌なことでもあったんじゃないのかな？」

「……………」

なにか思い当たることがあったらしく、ふいに押し黙った。

「それはまあ、しゃべりたくなってからでいい。一つ、かんたんな方法がある」

「どんな?」

「家にあるものと同じものを店にも置いてみな」

「同じもの?」

「目をつむって、思い出せ。家の中の目につくところになにがあるかい?」

「棚の上に大きな招き猫が」

「そりゃあいい。それと同じものを店のあんたが座る帳場のあたりに置いておくのさ」

「なるほど」

「家じゃどんな柄の座布団《ざぶとん》に座っているかね?」

「絣《かすり》の柄のやつに座っているね」

「店の座布団もそれにしなよ。それだけで少し気が楽になるはずだ」

「ああ、それを聞いただけでも、ちょっと気が楽になったよ。さっそく試してみることにしよう」

喜んで見料《けんりょう》を払ってくれた。

この日は三度ばかり厠に行き、五人の客を見た。

帰りに、朝、忠告してやった大店の番頭が通った。

「言われたとおり近所の店で招き猫と座布団を買ってみたよ。いいねえ。ほんとに気持ちが安まった気がするよ」

こういうことを言われると、同心を辞《や》めて、易者で食っていこうかなという気になる。


この日——。

本所中之郷《ほんじょなかのごう》の平戸《ひらど》藩下屋敷で、一昨日の晩に亡くなった元藩主松浦静山《まつらせいざん》の通夜《つや》が行われている。

鬼堂民斎は夕方早めに易者の仕事を切り上げると、いったん長屋で着換えてから、体調のよくないところを我慢して出かけて行った。民斎の祖父——順斎《じゅんさい》からも顔を出すように言われていた。

思ったよりひっそりとした通夜だった。

民斎は神妙な顔で焼香《しょうこう》したあと、この屋敷の家来らしき武士に訊《き》いた。

「この前、お目にかかったときはたいそうお元気でしたが、なぜお亡くなりになられたのですか？」

「急な病だ」

「こちらのお屋敷で？」

「さよう」

余計なことは訊くなと言わんばかりの態度である。

亡くなった晩、星が流れるのを見、さらに静山から届けられた奇妙な玉を見るうち、大勢の敵と戦って死んだ静山の姿が脳裡《のうり》に浮かんだ。だが、それが本当の光景であったかどうかはわからない。

この下屋敷の広大な庭で、戦っていたように見えた。

これは変な話ではないか。もし、脳裡に浮かんだ光景が本当のことだったら、この庭に大勢の敵が攻め込んで来たことになる。それは忠臣蔵《ちゅうしんぐら》とまではいかないまでも、戦《いくさ》のような大ごとである。

しかし、いま見る屋敷にそんな痕跡はない。

順斎から聞いてきたところでは――。

静山公は隠居してからすでに三十五年も経《た》っている。しかも、このあいだずっと、きわどい振る舞いで幕府からも目をつけられたりしてきたらしい。藩内には、反静山派とも言うべき一派もあり、じれったい思いをしてきたのではないか――というのである。

通夜がひっそりしているのも、そんな理由からかもしれない。

平戸藩の下屋敷でも一度、厠を借りてから外へ出た。

しばらくして、誰かにつけられているのに気づいた。

捕まえてわけを訊きたいところだが、この腹の調子では勝つ自信がない。逆に、かんたんに斬《き》られてしまう恐れもある。

できるだけ人の多い、明るいところを選んで帰ることにした。

大川《おおかわ》沿いに両国《りょうごく》橋に出て、これを渡りはじめたとき、

「鬼堂民斎さま？」

と、隣に並びかけた男が言った。

「誰だ？」

「この前、鬼堂さまの家を、わたしの祖父がお訪ねしたはず」

「あ、あのときの」

夜、八丁堀《はっちょうぼり》の役宅を訪れ、静山からの届けものだと木箱に入った奇妙な玉を渡して、息を引き取った。

「祖父がお世話になりました。わたしは雙星《ふたぼし》万四郎《まんしろう》と申しまして、静山さまのおそば

に仕えてきた者です」

「そうでしたか」

「静山さまは、これから鬼堂さまの力を借りることになるだろうとおっしゃっていました」

「わたしの力を？」

「ええ。鬼堂さまの力と、お家に伝わる学問としての鬼道《きどう》の力を」

「ふうん」

さっぱりわからない。

「どこかで温かいものでも食べながら、くわしく聞かせてもらえないかな？」

「もちろんです」

両国橋の西詰に、座敷もある大きなそば屋がある。

そこに入って、風邪を追い払うために酒を何本か頼んだ。

「さあ、お近づきの印に」

と、銚子《ちょうし》を持ち上げた。

「おそれいります」

きゅっとあおり、

「はあ」

ため息をついた。

好きな口らしい。それを言うと、

「大好きです。でも、それがために何度、酒の上の失敗をいたしましたことか。静山公の家来でなかったら、とうの昔に切腹沙汰《せっぷくざた》になっていたでしょう」

「どんな失敗を？」

「酔いつぶれて、肝心なときに駆けつけられなかったことが何度もありました」

「まさか一昨日の晩も？」

民斎は恐る恐る訊いた。そんな重い話を、初めて会った男から聞きたくはない。

「いいえ。一昨日の晩は最初からおそばにいました」

ホッとした。だが、一見すると篤実《とくじつ》そうで、酒にだらしないとは見えない。

「あの屋敷で斬り合いが？」

「ええ」

「まさか、同じ藩の中に？」

「そうなのです。どうも、これまで静山さまと敵対していた藩内の一派が、急に大きな支援を得られたらしく、いっきに攻勢をかけてきているのです」

「ははあ。それは当家でも起きていますよ」

「当家でもというより、鬼堂家は今度の騒ぎの中核をなしているのです」

「中核？」

「はい。鬼堂家の正体を知った者こそが勝利を得るだろうと。鬼堂家の中心におられるのは？」

「わたしか？　まいったな」

ただ、自分の正体を知りたい気持ちはある。とくに、去って行った妻の壺《つぼ》の秘密についてはなんとしても知りたい。

「これから、さまざまな敵が鬼堂さまに襲いかかります」

「同心になってからずっとそういう暮らしだよ」

「およばずながら、わたしもお手伝いさせていただきます」

盃《さかずき》では物足りないらしく、いつの間にか茶碗《ちゃわん》酒になっている。

「なんでまた？」

「静山さまからも言いつかってますので」

「なるほど」

「ただ、一つお願いがありまして」

「なんだね?」

「仕事があるときは、けっして酒を勧《すす》めることはしないでいただきたいのです」

「…………」

気がつくと、頼んだ銚子はすべて空になっていて、目が合ったここの女将《おかみ》にそっと指三本を示したところだった。

二

昨夜は酒が止まらなくなった雙星万四郎をそば屋の二階に置きっぱなしにして、木《こ》挽町《びきちょう》の長屋に帰って来てしまった。あんなに底なしの酒を飲む奴とは付き合いきれない。あれでは酒の上の失敗が多いのも当然だろう。

ただ、酒を入れたおかげか風邪のほうは治りつつある。昨日よりはだいぶ調子がよくなり、腹具合も厠に一度行っただけで済んでいる。

とはいえ、遠くまで出て行く気にはなれず、今日も紀伊国橋のたもとに座った。早めに座ったので、あの番頭が店に出るところとぶつかるかもしれない。元気に歩いて行くようだったら、占いというか、忠告は完全にうまくいったのだ。

だが、番頭は通らない。

もしかしたら、民斎が座る前に通ってしまったのかもしれない。

昼飯は長屋にもどって茶漬《ちゃづ》けで済まし、もう一度もどって来ると、

「おい、易者」

いかにも柄《がら》の悪い男三人が前に立った。

あんまり偉そうな態度なので、真ん中の男を、

「し、死相が出ている……」

と、脅《おどか》してやった。

「え、おれ、死ぬのかよ」

かなり衝撃だったらしく、声も出なくなったらしい。

「そんなことはどうでもいいが」

左の男が言った。

「どうでもよくねえよ」

「いいから、おめえはそっちで悩め。なあ、易者。昨日、ここに大店の番頭ふうの男が来なかったか？　ここに黒子《ほくろ》がある五十くらいの男だ」

例の番頭である。額《ひたい》の真ん中に大きな黒子もあった。

「さあ、どうだったかなあ？」

「来ただろうが。ここで相談したと言ってたんだから」

「あ、そうだったかな」

「それで、なんの相談をした？」

「それは言えるわけがない。わしらはお客の本当に悩んでいることをいろいろ聞くのが商売なのだ。そこらでぺらぺらしゃべっていたら、信用もなくなってしまうのでな」

「なんだとぉ」

「当人には訊いたのか？」

「訊けたら訊くよ。いなくなったから、相談したというおめえに訊いているんだろうが」

「いなくなった？　いつ？」

「昨夜だよ。家にもどらねえんだ。一晩待ったが帰らねえ。おめえ、どこかに行くといいとか言ったんじゃねえのか」

「さあて、どうだったか」

しらばくれると、いかにも殴《なぐ》るぞという顔をした。

だが、真っ昼間で、しかも人の通りも多い。さすがに我慢したらしい。

「また、来るからな」

そう毒づいてもどって行った。

「おれ、死ぬんだってよ」

「ばあか。誰だって死ぬんだよ」

そんなやりとりも聞こえた。

番頭のことが気になってきた。

昨夜、家に帰らなかったというのは、あの柄の悪い奴らが家の前にいたのを見たからだろう。

番頭が店に行きたくなかったのは、やりたくない仕事を抱えていたからなのだ。誰だってそんなものはあるが、よほど嫌《いや》なことに関わっているのだ。もともとお店勤めが合わない者もいるが、そういう者は番頭にまでなれない。

――なんだろう？

民斎は店を畳《たた》み、あの番頭のところをのぞいてみることにした。

店の名前や扱っている品は聞いていない。だが、手がかりはある。新両替町二丁目、間口十四間の店である。番頭が座るところには、招き猫と絣の座布団が置いてあるかもしれない。

東海道《とうかいどう》でもある江戸いちばんの大通りにやって来た。新両替町二丁目。室町《むろまち》あたりの大店にも負けないというような大店がいくつもできている。

目見当だが、十四間もありそうな店をいくつか見つけた。油問屋、薬種屋、両替屋、それと海苔《のり》屋。この四つが十四間ほどある。

番頭が座る帳場をのぞくと、海苔屋の〈品川屋《しながわや》〉だけが帳場の席が空いていた。

——海苔か。

薬種問屋あたりだと、ろくでもない薬で悪事とからんだりする。両替屋もじったいは金貸しだから、怨恨《えんこん》沙汰とは切っても切れない。油問屋なども、もしかしたら火付けなんかと関係あるかもしれない。

だが、海苔屋の悪事というのはあまり思いつかない。

——海苔を顔に貼って、覆面《ふくめん》がわりにでもしたってか？

民斎がちょっと番頭のことを訊いてみようと、店の中に足を踏み入れたときだった。

「旦那《だんな》さま。番頭さんが！　蔵の中で海苔に巻かれて死んでいます！」

店の奥から、小僧がそう言いながら飛び出してきたのである。

三

「なんだって！」

旦那さまと呼ばれて奥に向かったのは、ずいぶん若い男である。

ほかに三人ほどの手代《てだい》が旦那のあとを追ったが、客がいるため、残った手代もいる。店にいた客は唖然《あぜん》としていた。

民斎はしらばくれて中をのぞきに行きたかったが、奥に行くにはいったん座敷に上がらなければならず、さすがにそれは難しい。

まもなく番屋に連絡して、町方の同心が駆けつけてくるはずである。その検死役の同心から聞くしかないだろう。

ところが――。

なかなか町方に報《しら》せに走るようすもない。医者を呼ぶ気配もない。

――さては……。

都合の悪い事態になったため、このまま病死かなにかにしてごまかすつもりだろう。町人には少ないが、武家などではしょっちゅうある話である。

民斎は店の中にいたまま、品物を見るふりをして奥の動きに注意を向けていた。

まさかいくら海苔屋だからといって、海苔に巻かれて死んでいるなんてことはありえないだろう。殺され、むしろにでも巻かれていたのを、小僧がなじみ深い海苔巻きと結びつけてしまったのではないか——民斎はそんなふうに推測していた。

ところが——。

奥に駆け込んだ若い旦那と手代たちが、笑顔を浮かべてもどって来たではないか。

小僧もいっしょで、神妙な顔つきはいかにも叱《しか》られたふうである。

「まったく、もう、なにが海苔に巻かれて死んだだい。冗談はやめてもらいたいよ」

この旦那の言葉で、客と店に残った手代たちもホッとしたような顔になった。

「え、冗談なの？」

客が訊いた。客も民斎同様、興味津々《きょうみしんしん》で奥のようすを窺《うかが》っていたのだろう。

「そうなんです。海苔に巻かれて死ぬなんて、そんな馬鹿なことがありますか」

「じゃあ、番頭さんは？」

「はい。なんともありませんよ。いま、出て来ますから」

旦那がそう言うとまもなく、番頭が奥から現われた。まさに、民斎のところに相談に来たあの番頭である。

番頭は帳場に座り、無表情に店の中を見回した。なにごともなかったように見えなくもない。

「はい、皆さん、お騒《さわ》がせしましたね」

旦那が言うと、客もそれぞれ海苔を買ったりして、ごく当たり前の海苔屋の光景にもどっていた。

だが、民斎はじいっと番頭のようすを見つめた。

――やっぱり変だろう。

番頭の顔に表情はほとんどない。ぼんやりしている。

しかも、首筋や手首のあたりに細かい黒いものが付着している。あれは海苔のカスではないか。

とすると、番頭が海苔に巻かれていたというのは本当のことだろう。

このままだと、なにもなかったことにされ、さっきの騒ぎもうやむやになってしまう。とはいえ、隠密同心という立場上、民斎自身が直接調べるわけにはいかない。

民斎はこの近くにいる三五郎《さんごろう》という岡っ引きのところに行った。三五郎は、民斎が隠密同心をしているということはいちおう知っている。

「おや、鬼堂さま」

もう五十近い老練な岡っ引きは、民斎に如才《じょさい》ない笑い顔を見せた。

「ちっと探ってもらいてえことがあるんだ」

「なんでございましょう？」

「新両替町に品川屋という大きな海苔屋があるんだが、そこで番頭が海苔に巻かれて死んだという噂は本当かと訊いてもらいてえのさ」

「本当なので？」

「死んではいないが、海苔を巻かれて死にかけたのは本当のような気がする。番頭当人に話を訊き、小僧がなにを見たかなども問い詰《つ》めてもらえるかい？」

「おやすい御用です」

と、さっそく出かけて行った。

紀伊国橋のたもとにもどって、しかつめらしい顔で座っていると、同じ長屋に住む元深川《ふかがわ》芸者の亀吉姐《かめきちねえ》さんが通りかかった。

「あら、民斎さん。今日はこんなお近くに？」

「昨日から身体の調子がよくないんで、あまり歩きたくないもんでね」

「まあ、お医者には？」

「医者になんかかからねえよ。わしのような男は、病になったら水でも飲んで、じいっとしているしかないのさ」

淋《さび》しそうにうつむいて言った。

「そんなんじゃ駄目よ」

「いや、いいんだ。昨日も布団に入って横になっていると、亀吉姐さんの花唄《はなうた》が聞こえてきた……」

亀吉は花唄と呼ぶ新しい芸能を立ち上げ、これを長屋で教えている。いまのところ、弟子も徐々《じょじょ》に増え、五十人くらいになっているというからたいしたものである。

「……ああ、わしは亀吉姐さんの唄声を聞きながら、あの世に行けるなんて幸せだなあと思っていたのさ」

「縁起でもないこと言わないでよ」

「出かけるのかい？」

「そう。このあいだ、あたしのおっ母《か》さんのことを話したでしょ。板橋《いたばし》からこっちに出て来て、飲み屋を始めたいって」

「ああ、聞いたな。わしは板橋にずっといたほうがいいと思うぜ」

「もう遅いわ。出て来ちゃったのよ」

「そうなのか」

「それで尾張町《おわりちょう》の裏に店を出したの」

「へえ。なんていう店だい？　今度、顔を出してみるよ」

「それが〈ちぶさ〉っていうの。品がないでしょ？」

「たしかに品があるとは言えないが、変わった店の名だよな」

「反対したんだけど、ぜったい、釣られる客は多いって自信満々なの」

「そりゃあ、また」

奉行所の固い連中が見たら、風紀紊乱《びんらん》だと文句をつけるかもしれない。

「どんなことになってるのか、ちょっとようすを見て来ようと思って。民斎さんも気をつけてね」

やさしい笑顔で立ち去った。

民斎は後ろ姿を見送りながら、

「ちぶさかあ、なんだか郷愁《きょうしゅう》を覚える名前だなあ」

と、言った。

四

今日は客も少なく、うとうとしていると、岡っ引きの三五郎が新両替町とは逆のほうからやって来た。

「おう、どうだった？　店の者は隠しだてするようだったかい？」

「いや、そうでもなかったです。やっぱり番頭――名前は鶴右衛門《つるえもん》というんですが、ちっとおかしくなってたのは本当みたいですね」

「おかしいって、どんなふうにだい？」

「新しく仕入れた海苔のできを確かめると言って、蔵に入ったらしいんですが、そのまま出て来ないので、小僧が心配になって見に行ったんです。すると、番頭が海苔を食べ、さらには身体中に巻きつけて土間を転《ころ》がったりしていたみたいです」

「自分で巻いたのかい？」

「そうみたいですよ」

「なんのつもりだったんだろう？」

「馬鹿《ばか》になったんだろうと、旦那も小僧も言ってました」

「馬鹿にな」

「新しく仕入れた海苔はぜんぶ駄目になっちまったそうです」

「たしかに番頭のすることじゃないよな」

民斎は首をかしげた。

ああいう番頭は、とにかく海苔のことならなんでも知っていて、ちょっと食べると産地まで当てたりするのだ。それが、自分で新しい海苔を駄目にするなんて、いったいなにがあったのか。

「最近はふさぎがちで、ときどき店にも出て来なかったりしたらしいです」

「店のことで悩んでいるような様子は？」

「どうでしょう。旦那にも話を訊きましたが、跡を継いだばかりでなにもわかってないみたいでして。商売のことは、鶴右衛門が仕切っていたみたいです。ただ、ここんとこは二番番頭が旦那に取り入っているみたいですが」

「二番番頭もいるのか？」

「はい。甲斐蔵《かいぞう》といって、なかなかの遣り手みたいです」

「それで、当の鶴右衛門はどうした？」

「いないんです」

「いない？」

「今日は早く帰ったほうがいいと、早めに帰らせたんだそうです。それで、家を教えてもらっていま行ってみたんですが、まだ、帰って来ていないんですよ」

「ここは通ってないぜ」

住まいはわからないが、鶴右衛門が帰るときはこの道を通るはずである。

「でも、鬼堂さま、眠っていらしたじゃないですか。あっしはさっきも、この前を通ったんですが、あんまりぐっすりお休みだったもので」

「………………」

たぶんまた口をぱかっと開けて寝ていたのだろう。一度、悪戯《いたずら》好きの若者に、ゆで卵を放り込まれたことがある。

「家は南小田原町《みなみおだわらちょう》の一軒家です。また行ってみますが」

「いや、それは気になる。わしも行ってみる」

三五郎に教えてもらって、鶴右衛門の家を訪ねた。

南小田原町というのは、築地本願寺《つきじほんがんじ》の裏にある町で、海の香りが漂《ただよ》う町である。漁師が多く、日本橋《にほんばし》の魚市場ほどではないが、魚の市も立つ。

鶴右衛門の家は、大きくはないが、なかなかこじゃれたつくりである。

「ごめんよ」

と声をかけると、鶴右衛門よりはるかに若い、かわいらしいおなごが顔を出した。

「わしは木挽町に住む鬼堂民斎という易者なんだが、このあいだ鶴右衛門さんにいろいろ相談を持ちかけられたので、その後、どうなったかと思ってな」

「そうですか」

「娘さんかい？」

「いいえ。鶴右衛門の妻です」

「あんたが！」

民斎は目を瞠《みは》った。

鶴右衛門は五十がらみの、見た目もぱっとしない男だった。この嫁はどう見ても二十代半ば。目立つべっぴんではないが、癖《くせ》のない愛らしい顔をしている。

「さっきは岡っ引きの親分が訪ねて来たし、うちの人、お店でなにかあったのでしょうか？」

「うん。たいしたことじゃないんだが、海苔を身体に巻きつけたりしたらしいのさ」

「海苔を身体に？」

「家でもそんな変わったことを？」

もしかしたら、宴会で披露《ひろう》する新しい芸でも稽古していたのかもしれない。巻き寿司になったり、握《にぎ》り寿司になったりする芸。

「してませんよ」

「なんか悩みみたいなものは？」

「そうですね。元気はなかったです。それで、もう隠居しようかとは言ってました。食っていく分には心配ないからって」

「ほう」

すでに小金も貯《た》めたということだろう。そういう男は、自分から悪事に首を突っ込んだりはしない気がする。

「やくざ者に脅されてるとかは言ってなかったかい？」

「とくに、そんな話はしてませんでした」

「じゃあ、もしもどったら、紀伊国橋の易者が心配していたと伝えておくれ」

そう言って、この家をあとにした。

夜になっても、とくに連絡はなかった。

次の朝も、鶴右衛門のことが気がかりで紀伊国橋のたもとに座った。

これでここは三日目である。もう腹の具合は完全に治ったが、やはり住まいと職場が近いのは楽なものだと痛感する。

　座ってまもなく、与力の平田源三郎が姿を見せた。

「平田さま……」

「いま、そなたの家に行くところだった」

「まさか」

　嫌な予感がした。

「まさか、なんだ？」

「養生所廻りに？」

「いや、関係ない」

「そうですか」

　予感が外《はず》れてホッとした。

「朝早く、金杉川《かなすぎ》の河口に遺体が上がった。もしかしたら海防に関わる殺しかもしれないので、そなたを動かそうと思ってな」

　また嫌な予感がした。

　金杉川のあたりもしょっちゅう座るところで、急いで駆けつけた。

　こっちの予感は当たったった。

遺体は、品川屋の番頭鶴右衛門だった。

五

鶴右衛門はとくに簀巻《すま》きにされていたわけではない。腹を刃物で大きくえぐられ、ほとんど即死状態だったらしい。

——迂闊《うかつ》だったなあ。

あのあと、もうすこし番頭を見張ってやったりしていれば、殺されるのは防げたかもしれない。

占いにしても、風水だけでなく、筮竹《ぜいちく》でも引かせていたら、こうした事態も予想できたのではないか。

民斎に悔《く》やむ気持ちがある。

定町廻《じょうまちまわ》りの同心や、あの界隈《かいわい》の岡っ引きが調べに動き出したが、丸一日経っても手がかりはまったく見つからないらしい。民斎は、

「やくざがからんでいるぞ」

と伝え、品川屋に関係している筋を当たらせたが、品川屋とやくざのつながりはま

ったく摑《つか》めないという。

——店に頼まれて鶴右衛門を追いかけていたのではないのか？

それほど大物にも見えなかったし、やくざの筋で追いかけるのは難しいと考えながら、再び紀伊国橋のたもとに座っていると、向こうから民斎を訪ねて来てくれた。

この前は三人だったが、今日は一人である。

「おめえ、おれに死相が出てると言ってたよな」

「ああ、いまも出てるよ」

民斎はきっぱりと言った。本当はそんなもの、まったく出ていない。だが、これは脅しのねたに使えそうである。

「いつ死ぬんだ？」

「はっきりと言えないが、それだけくっきり出ているってことは、今日明日にでもお陀仏《だぶつ》になっても不思議じゃないな」

「くぅわあ」

男は変な声を出した。

「そんなことは言いたくないのだが、あんたがそうやって脅すようにものを訊くからだよ」

「そいつはもう、どうあっても消えないのか？」

「いや、そんなことはない。消す方法はあるよ」

民斎は軽い調子で言った。

「どうすりゃいい？」

「そりゃあこれまでの悪事から足を洗い、正直になったら、死相がさあっと取れることがある。あれは凄《すご》いよ。すると、今度は千年や万年も生きそうな顔に変わるんだ」

「へえ」

男の顔に希望が現われた。

「あんた、この前、品川屋の鶴右衛門を追いかけたり、見張ったりしてただろう？」

「ああ、してたよ」

「品川屋のあるじに頼まれたのか？」

「品川屋のあるじ？　いや、関係ねえよ」

「なんだって鶴右衛門を追いかけてたんだ？」

「たまたま聞いたんだよ」

「え？」

なにを言っているのかわからない。こういう奴は、自分でもわかっていなかったりする。行き当たりばったりでいちゃもんをつけて歩いていたりする。

「芝口橋《しばぐち》の近くで立ち話しているのを、おれと兄貴とでたまたま聞いたんだよ。話つけてくれたら、礼金で百両出すって片方が言ったんだ。すると、もう片方がわたしはそんな話には乗りません。聞かなかったことにします、そう言って歩き出したのさ」

「それで？」

「話を持ちかけた奴は舟で来ていたみたいなので、追いかけようがねえ。断ったほうを追いかけてみると、品川屋の番頭だったことがわかったのさ」

「舟のほうはいくつくらいだった？」

「まだ若かったかもしれねえな。それに、番頭がそいつに対してけっこう丁寧《ていねい》な口ぶりだったので、侍なのかもしれねえ」

「侍かよ」

それだと面倒なことになる。

「百両の儲《もう》け話を断わるというのは勿体《もったい》ねえ。おれたちがからんで、その上がりをかすめようとしたってわけ」

「そういうことか」

がっかりである。

こいつらはなにもわかっていないし、関わってもいない。単にわきから一丁嚙《いっちょか》みしようとしただけだった。

「正直にしゃべったぜ」

「ああ、いいぞ。死相がうっすら薄れている」

「おれは明日から棒手振《ぼてふ》りをする。それから朝早く起きて、町内に住む年寄りの世話を焼いてやり、道端《みちばた》のごみも拾う」

「その調子だ。頑張れよ」

民斎は肩を叩《たた》いて激励してやった。

六

やくざの話でわかったのは、鶴右衛門が危ない儲け話を持ちかけられ、それを拒《こば》んだこと、相手は侍かもしれないこと、そのくらいである。

定町廻りの調べもまるで進んでいないらしい。

——ここは鬼占いか。

とも思った。あれを使えば、鶴右衛門殺しの下手人がいる場所の特定くらいはできるだろう。ただ、このところ鬼堂家がらみのほうがきな臭くなっている。体力を著《いちじる》しく消耗《しょうもう》する鬼占いは、いざというときのため取っておきたい。

長屋にもどって来ると、亀吉が民斎の家をのぞいているところだった。

「わしはここだぞ」

「あ、民斎さん。よかったわ。これからおっ母さんの店に行くので、よかったら付き合わないかなと思って」

「いいねえ。ただ、腹も減っていてな」

「うどんでよければ店で食べられるわよ」

「よし、行こう」

二人で尾張町の裏道にある飲み屋〈ちぶさ〉に向かった。

のれんの絵は山形の頂上に小さなぽっちが描かれている。まさしく乳房の絵である。

これを潜《くぐ》るだけで胸がどきどきする。

「おっ母さん。長屋の人を連れてきたわよ」

と、民斎を紹介してくれた。

「初めまして。おみずと言います」

いかにもの名前である。そういえば、亀吉姐さんのほんとの名前は知らない。

「易者をしている鬼堂民斎と申します」

頭を下げると、おみずの胸元に目が行った。着物の襟元を深く開けて着ているので、胸の谷間が見えていた。そう肥《ふと》っているようには見えないが、胸はなんともふくよかである。

亀吉の母親だけあって、美人だし、若く見える。亀吉はいま、二十七、八というところだから、どう若く見ても四十二、三は行っているはずである。だが、三十ちょっとくらいにしか見えない。

「まあ、民斎さんていい男なのね」

「でしょう？　これでもてないというのがわからない」

「もてないの？」

「亀吉姐さんにも相手にされていないくらいでしてね」

「この娘《こ》は男を見る目がないの。というより、変に堅《かた》いのよ」

「そりゃあ、おっ母さんを見てきたからよ」

亀吉は凄く嫌そうに言った。

腹が減っているというと、すぐにうどんを出してくれた。これを亀吉と並んで食べながら、店の中を見回した。

たいした繁盛《はんじょう》ぶりである。このあたりの手代や番頭、さらには旦那ふうの男たちで賑《にぎ》わっている。

また、このおみずの話がうまい。

愛想はいいし、受け答えが絶妙である。才気煥発《さいきかんぱつ》というのはこういう人のことを言うのだろう。

「あのしたたかな血があたしにも流れていたら、あたしもいまごろはもっと楽できていたんでしょうが」

母親を横目で見ながら亀吉がぽつりと言った。

「そうだったら、亀吉姐さんはあの長屋にはいない。よかったよ」

自分では小粋《こいき》な口説《くど》き文句のつもりである。

「でも、おっ母さんて、したたかに男をおびき寄せるわりには、いつもつまらない男に引っかかって捨てられるの。その繰り返し。どういうんでしょうね」

「それはめずらしくないんだ」

と、民斎はうなずいた。これは何千人の女の悩みを聞いてきた民斎の実感である。

したたかな女ほどつまらない男に騙《だま》される。一方、純な男ほど、したたかな女を好きになる。じゃんけんみたいなものなのかもしれない。

ふと、近くにいた男たちの話が耳に入った。

「まるじゅうさまに納めるはずの海苔はどうしたんだ？」

「かわりの海苔を入れたよ」

「とくに文句はなかったんだろ？」

「そりゃあ、いちばんいい海苔を回したから」

〝まるじゅうさま〟というのは、薩摩《さつま》の島津《しまづ》家の家紋、〇のなかに十のかたちからきているのだ。そんなふうにここらの手代が言うのを聞いたことがある。

薩摩藩の上屋敷は、ここからもすぐの幸橋《さいわいばし》御門前である。品川屋が薩摩藩の御用《ごよう》達《たし》になっていても不思議はない。

——この連中は、たぶん品川屋の手代たちだ。

新両替町から尾張町にかけて、大きな海苔問屋は品川屋くらいである。

民斎は、耳を澄ました。

「それにしても、あの海苔の騒ぎはなんだったんだ？」

「あれ、番頭さんがぜんぶ駄目にしたじゃないか。でも、汚れたくらいじゃ勿体ないって、飯炊《めした》きのおばちゃんたちが洗って食ったらしいんだよ」

「へえ」

「なんか、変な苦《にが》みがあったらしいぜ。そう言いながらぜんぶ食って、やたら笑ったりしてたがな」

「苦み？　じゃあ、番頭さんはこんなもの、まるじゅうに納められないってことで、使いものにならなくしたんだろうよ」

「そうだな。番頭さんは店のことを思ってくれたんだよ。それなのに、死んじまうなんて……」

手代はいまさらながら鶴右衛門に感謝しているらしい。

「でも、今度の番頭さんはその仕入れ先との付き合いを再開したらしいぜ。それも味を付けた板海苔にしてから納めることになったってさ」

「前の番頭さんの教えを破っちゃいかんなあ。おれも、そろそろ逃げどきかな」

「ほんとだ」

手代同士はそう言って、なにか考え出したらしい。

「ねえ、聞いてる、民斎さん？」

「え？　なに？」

手代たちの話に夢中で、わきで亀吉がなにか言っていたのは聞き逃してしまった。

「聞いてなかったならいいの。忘れて」

亀吉はぷいとそっぽを向いた。

その言葉を聞き届けていたら、今宵《こよい》、民斎は捕物《とりもの》どころではなかっただろう。

亀吉はこうささやいていたのである。

「民斎さんがそんなに本気で口説いてくれているなら、あたしだって考えちゃうわよ。好きで男を遠ざけてるわけじゃないんだから」

七

民斎は早々に〈ちぶさ〉を出て、南町奉行所に向かった。

中に駆け込み、平田源三郎と会った。もう遅い刻限だが、平田は奉行所に詰めている。たいして仕事ができるわけではないが、とにかく奉行所には出て来るのだ。朝早くから夜中まで詰めている。

本当は平田には会いたくないのである。

なぜなら、民斎が摑んできた重要なねたは、いつの間にか、「おれがその筋に聞いた話」になっていたりするからである。まず民斎の手柄にはならない。「いつからわたしはその筋の者になったのですか？」と訊いてみたい。

だが、直属の上役だから会わないわけにはいかないのだ。しかも、非番の日も決して休まない。

「平田さま。抜け荷です」

と、民斎はできるだけ近寄らないようにして言った。

「抜け荷？」

「それもおそらく阿片《アヘン》ですよ、阿片」

「なんだと？」

国を滅ぼしかねない恐ろしい薬物として、町方でも阿片をもっとも危険な物質として取り締まっている。

「抜け荷の一味が品川屋の板海苔に阿片を混ぜて、薩摩藩の上層部に食べさせ、中毒にさせようという魂胆なのです」

「中毒にさせてどうするんだ？」

「そりゃあ、抜け荷を黙認させようというのでしょう。藩も自分たちがやる抜け荷はよくても、海賊の抜け荷は許さねえ。まあ、幕府の手前もありますからね」

「そんなことできるのか？」

「阿片は乾くと真っ黒になります。生海苔に混ぜてから板海苔にすれば、見た目はわからなくなります。無臭ですから」

「阿片入りの海苔かよ」

「ええ」

「効き目はあるのか?」

「煙で吸うほどではありません。海苔だとかなり食わないと駄目でしょう。ですが、阿片は苦いんです」

「らしいな」

「それで、品川屋の番頭が気がつき、これを処分しようとして殺されたのが、このあいだの金杉川河口の仏です。番頭はもともと怪しげな取引に誘われ、断わったりしていました。それは町のやくざにも見聞きされています」

「ほう」

「そんなことがつづいたあと、納めさせたくなかった海苔の味見をしたら、なにか苦い。食べているうちに妙な気分になってきた。それで阿片と気づいたのでしょう。これはなんとかしなければという必死の思いで、切り揃《そろ》えていない板海苔を身体に巻き、ごろごろと土間の上を転がったりしたのです」

「そういうことか」

「新しく番頭になった野郎は、礼金欲しさに海賊と結託したのでしょう。鶴右衛門殺しにもたぶん関わっています。こいつを叩けば、いま江戸に来ている一味も捕まえられますよ」

「よくやった、民斎」

隠密同心の役目はここまでである。町人たちが眺めるところで、下手人の捕縛や大立ち回りなどの派手な場面には出られない。なにせ顔を覚えられてはまずい役職なのだ。

「今宵は大捕物だぜ！」

平田は大声で定町廻り同心を呼び集め、早速《さっそく》、捕物に飛び出して行った。


翌朝――。

今日は体調もいいので、民斎は大川端《ばた》にでも座ろうかと長屋を出た。ところが、その民斎の前に平田源三郎が立った。

「平田さま、礼などは別に」

「いや、礼ではない」

平田の表情が硬い。

まさか、昨日の進言はまるで頓珍漢《とんちんかん》だった?

「阿片の抜け荷ではなかったので?」

「いや、そうだった」

「さすがの薩摩も手を焼いているのでしょう?」

「それはわからん。ただ、芝《しば》の隠れ家で捕まえた野郎から、思わぬ名前が出てきた」

「葛飾北斎《かつしかほくさい》とか?」

民斎はくだらない冗談を言った。

平田はにこりともせず、

「この抜け荷を指揮しているのは、壱岐《いき》の島の鬼堂一族だというのさ。そなた、なにか知っているか?」

「え?」

民斎の口がぱかりと開いた。

――おいおい、嘘《うそ》だろう。

火の粉がこっちに降りかかってきそうである。

仔犬《こいぬ》の幽霊

一

水辺回りの悪事を担当している隠密《おんみつ》同心、鬼堂民斎は、人出の多い水辺ということで永代橋《えいたいばし》の深川側のたもとにやって来た。

このあいだ、与力の平田源三郎から、壱岐の島の鬼堂一族が抜け荷を指揮しているという話を聞いた。

明らかに非難の調子だった。なんとかしろとでも言いたそうだった。

正直、勘弁《かんべん》してもらいたい。

壱岐の島になど行ったことがないし、親戚などと言われても、まったく実感はない。だが、たぶん向こうのほうは、あそこは江戸の本家だとか、困ったことになったら頼りにしようなどと思っているに違いない。

わけがわからないまま動くとろくな目に遭《あ》わないのはわかっているので、当分しらばくれることにした。

永代橋の往来はあいかわらず多い。大川の橋では、両国橋よりこっちのほうが人出は多い気がする。人出が多ければ、悪事も多いに決まっている。

易者の看板を立て、台の前に座ると、

「あんた、厄払《やくばら》いみたいなことはしないよな？」

さっそく民斎の前に立った男が訊《き》いた。

「いや、場合によってはやるよ」

人生相談から病《やまい》の相談まで、幅広い。言いっぱなしもなんなので、厄払いから薬の調合までやったりする。もちろんでたらめをやっているわけではない。いちおうそれなりに根拠のあることしかやらない。

「わしは、なんだか、変なものにとり憑《つ》かれたらしい」

と、男は言った。歳は民斎と同じくらいか。総髪《そうはつ》で、刀を一本差している。

「変なもの？」

「夜中に出るんだよ。枕元に」

「なにが？」

「犬か猫か、どっちかだと思う」

「犬か猫の化け物なのか？」

「だろうな。ときどき、わしの頬《ほ》っぺただの、首筋だのをぺろぺろ舐《な》めやがるんだ。怖いぜ、これは」

「そりゃあ化け物に舐められたら怖いだろうな。齧《かじ》られたりはしないかい？」

「齧られるというのはないな」

「あんた、どっち向きに寝てる？」

「北向き」

「変えてみたほうがいいな」

「変えてみたよ。それでも出た」

「ふうむ」

「ただ、化け物という感じはしないのだ」

「なんだかわからない話だな」

「ああ、わからないんだ」

「はっきり目を覚《さ》ましてたしかめてみたのか？」

「なにせ、ぐっすり寝込んでからのことなのでな。いつの間にか来て、いつの間にかいなくなっているのさ」

男は自分でも首をかしげている。

「犬猫の化け物だとしたら、出るような覚えはあるのか？　斬《き》ったとか、毒殺したとか」

「そんなことするか。犬も猫も好きで、どっちも飼いたいくらいだよ」

「近所の野良に餌《えさ》をやって、なつかれてしまったとかは？」

「そんな覚えはない」

民斎は天眼鏡《てんがんきょう》で男の顔を見てみた。

目が変に吊《つ》り上がったり、据《す》わっていたりはしていない。いかにも人のよさそうな間抜《まぬ》けづらである。これは悪霊が憑いている顔ではない。

「変な霊などは憑いてないようだがな」

「そうか」

「霊ではなく、本物かもしれないな」

「言われてみるとそうかな」

「だとしたら、ただの悪戯《いたずら》だろう」

「いやあ、悪戯って感じはしないな。そんな知り合いもいないし」

「戸締りはしてるんだろう？」

「戸締りなんかするもんか。盗《と》られるものがないんだから」

「ふうむ」

民斎も弱った。しかも、これでは見料《けんりょう》の請求も難しい。

「もしも霊だとすると、あんたには憑いてなくとも、家に憑いているのかもしれないな」

「なるほど」

「家は遠いのかい？」

「いや、すぐそこの相川町《あいかわちょう》ってとこ」

「じゃあ、観《み》てやるよ」

変な話なので興味が湧《わ》いてしまった。

いっしょに男の長屋に向かった。

大川沿いにすこし下流のほうへ歩き、路地を入った。裏店《うらだな》のごくありきたりの長屋である。

「ここだよ」

なるほど、永代橋からはすぐ近い。

「あんた、名前は？」

と、民斎は訊いた。

「間垣宋兵衛《まがきそうべえ》と申す」

「失礼だが、ご浪人？」

「身なりを見ればわかるだろう。だが、仕事はあるぞ。町道場で師範代をしながら、用心棒仕事などを引き受けている」

身なりもそうひどくはない。二本差しではないが、決して薄汚れてはいない。着物も擦《す》り切れたりはしておらず、懐《ふところ》具合はそう悪くないらしい。

「ご妻女は？」

「浪人したときに逃げられた」

「ほう」

同じ境遇である。そこはむちゃくちゃ親近感が湧く。

戸を開けて、中に入る。

腰高障子《こしだかしょうじ》の戸は、がたぴし言っている。心張棒《しんばりぼう》をかっても、持ち上げて内側に落とすようにすればなんなく開くだろう。たしかに戸締りは無駄である。

妙な気配というのもない。

家具がほとんどない四畳半。

畳をよく見ると、毛が落ちていた。

「毛だ」

「ほんとだ」

「猫ではない。犬だな」

「化け犬か」

化け物が毛を落とすだろうか。

化け物の専門ではないので、そこらはよくわからない。

「ううむ。これだけではわからないな」

「そうか」

「夜、観に来てやろうか？」

「そこまでしてもらったら、見料もかなりの額になるのだろうが。わしはそんなに払えぬぞ」

「うん。それは気にしなくてよい。面白い仕事のときは、安くしてやるんだ。これも二百文《もん》以上はもらわぬ」

「ああ、それくらいならいいか」

ということで、民斎はおかしな化け物の調べを引き受けてしまった。

二

暮れ六つ（午後六時頃）まで、鬼堂民斎は似たり寄ったりの悩み相談を四件ほどこなした。

そのあと、木挽町の家にも、八丁堀の役宅にも帰らず、門前仲町《もんぜんなかちょう》の飲み屋で暇《ひま》をつぶした。

もっとも飲み過ぎると仕事に差《さ》し支《つか》えるので、酒は二合だけにして、そばにあった寄席《よせ》に入って落語を聞いた。

二、三席は大笑いしながら聞いていたが、トリで出てきた年寄りの噺家《はなしか》が、なんだか講釈ともつかぬ人情噺を演じはじめた。民斎は人情噺というのが苦手である。あれはどうも嘘《うそ》臭いし、説教臭いのもいけない。落語は笑ってなんぼだろうと思う。

案《あん》の定《じょう》、始まるとすぐに寝てしまい、客が誰もいなくなってから、下足番に起こされた。

ちょうどいい刻限である。

間垣は夜が早く、五つ（午後八時頃）ごろには寝るというから、いまごろは海の底のくらげのように眠っているに違いない。

長屋に来て、間垣の家の戸をそおっと開けた。

その途端、

「わんわん」

と、白い犬が吠《ほ》えると、あっという間に民斎の足元をかいくぐり、長屋の路地を出て行った。

「うぉお、びっくりした」

あんまり驚いて、一瞬、追いかけることを忘れたが、急いで路地の外に飛び出した。もう犬の姿は見えない。

——しまった。

間垣の部屋にもどると、呆然《ぼうぜん》と布団《ふとん》の上に座っている。

「起きたか?」

「ああ、なんだ、いまのは?」

「犬がいたぞ。開けたら、向こうもびっくりしたみたいに飛び出して行った」

かなり小さかった。仔犬《こいぬ》だろう。化け物ではない。本物の仔犬だった。

「入り込んでいたのかな」

「いや、誰かがそっと中に入れたのさ」

「なんのために？」

「さあ」

やはり仕事がらみではないのか？

「あんた、いま、どんな仕事してるんだ？」

と、民斎は訊いた。


翌日――。

民斎は、間垣宋兵衛のあとをつけていた。

間垣がいま引き受けている仕事は、金貸しの若い女房の護衛だった。一日置きに入る仕事で、報酬もかなりいいらしい。

「護衛というより、男が近づくのを防ぐというか、亭主からは言い寄る男がいたりしたら、ばっさり斬ってくれと言われている」

「ほんとに斬るのか？」

「馬鹿言え。くだらぬ人殺しでたちまちお縄だろうが」

浪人者は武士の恰好《かっこう》をしていても、武士扱いはされない。町奉行所の管轄で、町人同様に裁かれる。

「この女房がまた、まだ二十歳《はたち》で、しかもいい女なんだ」

「ほう」

「なおかつ、色気むんむんで、歩きながら色気をまき散らしている。男だって、声もかけるわな。それを、わしがこう、寄って来る男どもを突き飛ばすようにしながら、習いごとの師匠のところまで送り迎えしているというわけさ」

「ふうむ」

「そういえば、その女房は犬の狆《ちん》をかわいがっていて、習いごとにもかならず連れて行ったりするな」

「犬を?」

「これが牝《めす》の狆で、色気を振りまくことでは、飼い主と張るくらいなんだ。とにかく、すれ違う牡《おす》犬が、皆、振り向いて、後を追ってくる。地面を歩かせようものなら、すぐに圧《の》し掛かられてしまうので、女房も抱きっぱなしさ」

「ははあ」

これはかなり怪しい。金貸しの色っぽい女房。犬も飼っている。悪事の匂いがしないでもない。というわけで、その女房の送り迎えとやらのあとをつけてみることにしたのである。

金貸しの家は深川の佐賀町《さがちょう》にある。百一文という少額の貸し金から、かなりの大金まで、手広く貸しつけているらしい。

手代も三人ほど置いている。

「取り立ても強引で、わしにそっちの仕事もやれというのだが、断わっている。あんなむごい仕事はとてもできぬ」

「だろうな」

金貸しは万蔵《まんぞう》といって、五十くらいの、いかにも金を持っているような男である。若い女房が出かけるときは、わざわざ玄関口まで出てきて見送った。

「じゃあ、お前さん。行ってきます」

なるほど、狆を抱っこしている。

「おかね」

と、万蔵は女房を呼び止めた。おかねとは、いかにも金貸しが好みそうな名前である。ほんとの名前なのか。

「なあに？」

「浮気は駄目だぞ」

「当たり前でしょ。あたしを信用しないでどうするの？」

そう言って歩き出したのだが——。

舌の根の乾かないうちに、この女の色気の振りまきようといったら、民斎は唖然《あぜん》とするほどだった。

通りすがりの男に、色目、流し目を送るどころか、片目を閉じ、しなをつくって見せる。どうぞ、声をかけておくれと言わんばかりである。

「よう、お姐《ねえ》さん。暇かい？」

当然、男も声をかけてくる。

すると、間垣がすっとあいだに入り、

「この女を口説《くど》く気なら、その前にわしが相手だ」

というように威嚇《いかく》してみせる。なかには武士も声をかけてくるから、ほとんど命がけである。

——こりゃあ大変な仕事だ。

民斎は間垣に同情した。報酬がいいというのも当然だろう。

三

おかねが習っている三味線《しゃみせん》の師匠の家は、永代橋を渡ってすぐの霊岸島北新堀町《れいがんじまきたしんぼりちょう》にあった。たいした距離ではないが、ここに来るまでざっと二十人ほどの男に声をかけられていた。

おかねを師匠の家に入れ、間垣はホッとしたように外に出てきた。

玄関口に縁台が置いてあり、間垣はそこで稽古が終わるまで待つらしい。煙草盆《たばこぼん》があり、一服つけているところに、

「凄《すご》いな、あの女は」

と、民斎は近づいて声をかけた。

「凄いだろう」

「犬の化け物より、こっちのほうが凄いな」

「ああ、そうだな」

「あの調子だったら、あんたにも粉《こな》をかけたりしても不思議じゃないぜ」

「かけられてるさ。前の用心棒たちも、皆、それでしくじってるらしい」

「へえ」

「また、あの女がいったんわりない仲になると、旦那の前でもいちゃいちゃするらしい。だから、すぐにばれちまうんだ」

「あんたはよく我慢してるな」

「報酬がいいからなんとか我慢しているが、この仕事の最後の日は、あの女の誘いを我慢できるか自信がないよ」

真面目《まじめ》な顔で言った。

「だが、夜中の化け物となんの関係があるのかはわからんな」

「そうか」

「もうちょっと眺《なが》めさせてもらう」

そう言って、民斎は師匠の家から遠ざかった。

師匠の家は、裏店の長屋などではなく、表通りの一軒家である。二階もある。

見ていると、隣の二階の窓が開き、男が師匠の家に渡っていくではないか。手を貸しているのは、あのおかねである。

さらに、窓がそおっと閉められる寸前、男がおかねの胸元に手を差し入れたではないか。

——あの女……。

民斎は呆《あき》れて声も出ない。

二階からは、さっきと同様に、三味線の音が聞こえている。師匠もおかねの浮気に協力しているのだ。どうせ、たんまりもらっているのだろう。

民斎はすぐに間垣に教えてやろうと思ったが、足を止めた。

浮気がばれたりしたら、おかねは万蔵の家から叩《たた》き出され、間垣のわりのいい仕事もお終《しま》いになるだろう。

せっかく凄《すさ》まじい色仕掛けに耐えつづけてきたのも、すべて水の泡《あわ》になってしまうのだ。

——ここは黙っておいてやるべきか。

民斎はそう思い直した。

四半刻《しはんとき》（三十分）ほどして、おかねは家から出てきた。やけにさっぱりした顔をしているのは、民斎からすると憎々しい。狆も抱いている。あの犬は階段の下あたりに置いて、見張りがわりにでもしているのかもしれない。

だが、女房の浮気と、間垣の家に夜現われる仔犬の化け物に、なにか関係があるのかとなると、さっぱりわからなかった。

おかねを送り届けたところで、道場に行くという間垣と別れ、民斎は八丁堀の役宅に立ち寄った。

ここには民斎の祖父の順斎が一人で住んでいる。しかも、地下室にいて、外には滅《めっ》多《た》に出て来ない。身の回りのことは、中間《ちゅうげん》のごん太《た》がやっていた。

「爺《じい》ちゃん、いるかい？」

民斎は、裏の明かり取りの窓から声をかけた。

「ああ、いるよ」

中から食いものの匂いがする。なにやら甘ったるい匂いで、いったいなにを食べたのだろうか。

「爺ちゃん、お邪魔するぞ」

民斎はいったん家に入り、床の間の階段から地下室に下りた。

菓子《かし》が載った皿と、湯呑《ゆの》み茶碗が四つ、出しっぱなしになっている。

客が三人、来ていたのだ。

「めずらしいな。客があったのかい？」

と、民斎は訊いた。

「ああ。壱岐からの客さ」

「壱岐から？」

嫌《いや》な予感がする。

「お前にも会いたがっていた」

「おれのことを知ってるのか？」

「そりゃあ知ってるさ。本家の跡継ぎだもの」

「勘弁してくれよ。おれはただの同心の家の倅《せがれ》として育ったんだ。本家だのなんだのって話は知ったこっちゃねえ」

「そうもいかぬ」

順斎はしらばくれた顔で言った。

「だいたい、なにしに来たんだ？」

「とくに話はなかったな」

「だが、菓子折りを持って、わざわざ三人が来たんだろう？　なにもないってことはないだろうが」

「そうだよな」

「そうだよ」

「わしも変だとは思ったのだが」

そう言って、土産《みやげ》にもらったらしい菓子を口にした。もぐもぐと、食いっぷりはいかにも歯の抜けた老人だが、食欲は凄まじく、厚めに切ったものをたちまち三つ平らげた。

うまそうな菓子で、民斎もつい手を伸ばした。

あんこをカステラで包んだものらしい。

「うまいな」

民斎は言った。両国でカステラ屋を始めた姉のみず江《え》が喜びそうな味だった。

四

この日も鬼堂民斎は、永代橋の深川側のたもとに座った。

昼ごろになって、間垣宋兵衛がやって来た。

「どうだ、昨夜も出たか?」

「ああ。出たみたいだ」

やはりただの悪戯ではない。なにか目的があってやっているのだ。

だが、夜中に仔犬を浪人者の部屋へ入れておくことに、いったいどんな目的があるというのだろう。

この間垣が家のどこかに大金でも隠していたりするのだろうか。それなら隠し場所を犬の嗅覚で探しているのかとか考えられるが、どう見ても間垣が大金を持っているふうには思えない。

「ところで、あんた、ほかに用心棒の仕事はないのか？」

「ほかに？　ああ、月に一晩だけやっている仕事はある」

「どういう仕事だ？」

「霊岸島の新川《しんかわ》にある〈西州屋《せいしゅうや》〉という酒問屋で、月に一度、京都の酒蔵に支払う金が用意されるのだ。そのとき、押し込みを警戒して、わしは用心棒として泊まり込んでいる。おかねの護衛以外に、いまやっている仕事はそれだけだな」

「そっちじゃないのか？」

と、民斎は言った。いくら考えても、おかねと仔犬の幽霊もどきは結びつかない。

「それと仔犬が関係あるかなあ」

間垣も思い当たることはないらしい。

「そりゃあ、その泊まり込むという部屋に行って、たしかめたほうがよさそうだぞ。

やっぱりなにか悪事がからんでいる気がするのだ」

と、民斎は言った。

「あんたもいっしょにか?」

「ああ」

じっさい、自分も入って、この目で見ないとわからない。

「なんて言って入るんだ? 大店《おおだな》の奥だぞ」

間垣は困った顔で訊いた。

たしかに、夜、枕元に仔犬が座るので、易者が悪事を占うから、家に入れてくれと言っても、なんのことかさっぱりわからないだろう。

「易者に用はないか?」

「ないだろうよ」

「そうか」

民斎は知恵を絞った。

易で占っても、まず答えは出ない。頭を振りしぼって考えるしかない。

「こういうのはどうだ?」

一つ思いついた。

「どういうんだ？」

「易者として入ろうとするから駄目なんだ。わたしはあんたの友人で、用心棒仕事の初心者ということにする」

「ほう」

「先輩のあんたに連れられ、どういうふうに仕事をするかを教えてもらう。ついては、現場を見ながら、仕事の説明をしてやりたいと、こう頼み込むわけにはいかないか？」

「なるほど。それならいいだろう」

間垣はぱんと手を叩いた。


一刻（二時間）ほどして――。

民斎と間垣宋兵衛は、新川の西州屋にやって来た。

民斎はもともと易者らしくするため月代《さかやき》を剃《そ》っていない。羽織を脱ぎ、袴《はかま》をはけば、立派な浪人者になった。

間垣が手代にわけを話すと、すぐに番頭の許可ももらい、入っていいことになった。ふだんから、間垣はなかなかの信頼を得てきたらしい。

手代の案内で、店から長い廊下を歩いて、いちばん奥のあたりに来た。

「ここが金勘定をする部屋でして」

と、手代が指差したのは変わった部屋だった。

手前に十畳ほどの畳敷きの部屋があり、奥が六畳ほどの板の間になっている。この奥の六畳間は、なんと座敷牢《ざしきろう》のようながっちりした格子で囲まれているのだ。

「外にも蔵はあるのですが、ここは急な支払い金などを納めるための、家の中の金蔵になっています」

「ほう。頑丈《がんじょう》なものですね」

民斎はお世辞を言った。

「わしはここに寝ている」

と、間垣が指差したのは、この格子の部屋とは廊下一つをはさんだ六畳の部屋である。

「わしが寝るころには、まだ、そっちの部屋で算盤《そろばん》をはじいているのだが、そんな音は気にせず、寝てしまうがな」

「なるほど」

民斎は、その用心棒の寝る部屋に入った。

床の高さに、小さな窓がつくられている。

「この窓は？」

「ああ、風通しのためだろう」

「物騒《ぶっそう》ではないのかな」

民斎がそう言うと、

「その大きさでは人は通れませんよ」

と、手代は笑った。

民斎が試してみると、なるほど頭がぐらない。

「あ、痛《い》たたた」

無理に出そうとして、頭蓋《ずがい》がつぶれそうになった。

「こっちは通りかい？」

「いえ、中庭ですよ。厠《かわや》もあれば、風呂もあるんです。けっこう夜中も住み込みの連中が行ったり来たりするので、間垣さんみたいに胆《きも》が太くないと、眠れないでしょうね」

手代が説明すると、

「そうなのか」

間垣が間抜けな顔で笑った。

五

「金が奪われるだと?」

間垣が目を丸くした。

西州屋を出ると、すぐに民斎はそう言ったのである。

「ああ、そのときに、あんたのところに夜現われる仔犬が使われるのさ」

「どうやって?」

「いいか」

と、民斎は道端にしゃがみ込んだ。

棒切れを見つけ、地面に図を描きはじめる。

「描いたほうがわかりやすいのでな」

「どれどれ」

「まず、ここが金を入れるという頑丈な格子づくりの金蔵だ。しかも、こっちには手代たちが金勘定をしたりする部屋がある」

「ああ、そうだ」

「廊下を一本挟《はさ》んで、おぬしが寝る部屋がある」

「間違いない」

「そして、この外に面したところに小さな窓がある」

「あるな」

「あんたは気づいてないようだが、こっちの廊下側にも、同じような小窓がある」

「あったか？」

「あったんだ。これは閂《かんぬき》があって、廊下のほうからしか開け閉めできないようになっていた。わたしはちゃんと見たのだ」

「そうか。それは知らなかった。だが、どっちも人が通れないような小窓だろう？」

「人は通れないが、仔犬なら通れるぞ」

「そりゃあ仔犬なら通れるだろうが……あの仔犬か？」

「そう。あの仔犬なのさ」

民斎がうなずくと、間垣はしばらくじいっと考え、

「どう使うんだ？」

と、訊いた。考えても、まるでわからなかったらしい。

「まず、あんたが眠りについたころ、外の小窓から仔犬を入れるんだ」

「ああ」

「中庭は住み込みの連中が、風呂に入ったり、厠に来たりするから、いつまでも犬を抱いてうろうろできないからな」

「それで?」

「こっちの金蔵の部屋では、手代たちの金勘定が終わり、翌日、支払われる小判を金蔵に入れ、錠前をしていなくなる。もちろん、あんたはずっと高いびきさ」

「まあな」

「すると、金勘定をしていた手代が、一人もどって来るのさ。なにか忘れたとか言ってな。そのとき、あんたが寝ている部屋の小窓の閂をはずし、そこを開けておくのさ。すると、それまであんたの部屋でおとなしくしていた仔犬は、今度はそこを出て、廊下を横切り、格子のあいだをくぐって金蔵へと入るんだ」

「それまで、仔犬はじいっと待ってるのか?」

「そう。その稽古を毎晩させていたのさ。あんたが眠っていても、怖がったりせず、じいっと待っている稽古をな」

「だが、わしのところには金蔵も格子もないだろうが」

「その稽古は、また別のところでやってるのさ。ただ、そこにあんたはいない。仔犬はあんたという人間に慣れておかないといけないのさ」

「ははあ。でも、いくら稽古を重ねた仔犬でも、小判をかっさらって逃げるまでは無理だろうが」

「そこがいちばん難しいところだろう。それで、支払いは毎月だから、たぶん千両箱に入れるほどではない。数百両くらいなら、巾着《きんちゃく》みたいなものに納め、あの金蔵の真ん中にあった台の上にでも置いておくのだろう。わたしは、その巾着の紐《ひも》に仕掛けがあるんだと思うのさ」

「紐だと？」

「そう。長くなる紐をさりげなく結んでおくのさ」

「それを仔犬が引っ張るのか？」

「ああ。外につながる小窓のところまでな」

「なんと」

「あとは、外にいた手代が紐を引っ張り、小判を引き寄せ、お利口な仔犬とともに立ち去ってしまう。この手代は、また翌日、しらばっくれて店にやって来るだろうな。そのほうが疑われずにすむってものだ」

「なるほど。凄いな、あんた」

「ああ」

民斎は胸を張った。

こんなに凄いのに、どうして奉行所では重用されないのだろう。それはおそらく、ひとえにあの平田源三郎の下で働いているからなのだ。民斎の働きは、ことごとくあのろくでもない心根の、口の臭い与力に吸い取られ、持っていかれてしまうからなのだ。

「じゃあ、番頭にそのことを教えてくるか」

間垣は立ち上がり、西州屋にもどろうとした。

「いや、待て、待て」

「なぜ?」

「いま、話しても、誰のしわざかを特定するのは難しいぞ。手口だけわかっても、相手を追い詰めるのが意外に難しいものなんだ。なにせ、そんなことは知らないと言えばすむことだからな」

なにもしないうちに防ぐというのも寛大な処置だが、こういう奴は捕まらなければ同じことをまたぞろ繰り返すに決まっている。それなら、被害など出す前に捕まえてしまうべきだろう。

「じゃあ、どうする？」

「うまく相手を炙《あぶ》り出す方法を考えるのさ」

なんとなく面白い手が使えそうだった。

六

「あ、これこれ、そこの美人」

と、民斎は声をかけた。

「あら、あたし？」

「そう、そこの絶世の美人」

「まあ」

嬉《うれ》しそうに笑ったのは、金貸し万蔵の女房であるおかねである。

「あんたはこの先もずうっといい女で、男にもてつづけるだろうな」

「あら、嬉しい」

「ただ、面倒な星が出ているぞ」

民斎はそう言って、眉《まゆ》を曇《くも》らせた。

「なあに、面倒な星って？」

「あんた、いま、浮気をしているだろう？」

「え？　してないわよ。嫌ね」

いけ図々《ずうずう》しく、しらばくれるつもりらしい。

「いや、してるな。男が高いところを越えてやって来るのが見えているぞ」

おかねに天眼鏡を当てながら言った。

「そ、そんなことまで」

「わかるさ。旦那は金持ちだが、やきもち焼き。実家の母親が店を出すための金を旦那に出してもらったので、別れたくても別れられないか」

この話は、後ろでとぼけて立っている間垣から聞いたのだ。

「すごい当たるんだね」

「それで、面倒な星というのは、あんたの浮気が旦那にばれて、旦那は裏切られた怒りから、あんたに殺し屋を差し向けるかもしれぬな」

「やぁだあ」

おかねは真っ青になって震《ふる》え出した。そんなときの表情は、まだ幼いところを残した小娘みたいである。

「ただし、それを避ける術《すべ》がある」

「なあに？　なんなの？　早く教えて」

「その犬」

と、民斎はおかねが抱いている狆を指差した。

「万姫《まんひめ》のこと？」

名前は初めて聞いた。いかにも万蔵の子どものような名前ではないか。

「その犬を一晩、誰かに預けるといい」

「やあよ。この子がいなかったら、寂しくてたまらないもの」

「一晩だけ我慢することだ。すると、そのあいだに、この犬があんたにくっついた面倒な星を捨ててきてくれるのさ」

「ほんとに？」

「嘘は言わぬ」

「誰に預けたらいいの？」

おかねがそう訊いたとき、

「わしが預かろうか？」

と、間垣が後ろから声をかけたのだった。

七

夜が更けた。

ほかの店ではすでに今日の帳簿もつけ終え、番頭や手代たちは、とっくに湯に行ったり、どこかへ飲みに行っていたりする時刻だった。

だが、新川にある酒問屋〈西州屋〉は、いまようやく金勘定を終えたところだった。

「ああ、終わった。お前たちも疲れただろう」

と、あるじが番頭と五人の手代に声をかけた。

「でも、ちゃんと勘定も合いましたし」

番頭も満足げにうなずき、

「では、明日の支払い、七百五十二両を金蔵に納めましょう」

「そうだな」

番頭は積み重ねた小判を、錦《にしき》の巾着に入れ、くるくると紐で巻き、金蔵の真ん中にある台の上に置いた。

このとき、すばやくもう一つの紐をいっしょに巻きつけ、その先を前からは見えにくいよう、裏側へ垂《た》らしたことは、誰も気がつかなかった。

「さあ、では、向こうの部屋で軽く一杯やって、お開きにしよう」

「そうしましょう」

あるじたちは、表のほうに立ち去った。

表の帳場がある部屋には、この七人分のお膳が準備されているのだ。毎月恒例の、締めの一献《いっこん》ともいうべき習慣である。

「さあ、まずは一杯」

と、あるじが言ったとき、

「おっと、いけない。さっきの部屋に煙管《キセル》を忘れてきた。ちょっと取りに行ってきます」

番頭がそう言って、奥の部屋に引き返した。

番頭はろうそくを片手に、急いで奥の部屋にもどって来ると、たしかに置きっぱなしにしていた煙管を持ち、さらに廊下のところで隣の部屋につながる小窓の閂を外した。

隣の部屋では、押し込みに備えた用心棒が寝ているはずである。不用心と思われるかもしれないが、用心棒は本当に万が一のためで、寝ていてもらってまったくかまわないのである。

だが、用心棒のかすかないびきのほかに、かりかりと畳を引っ掻《か》くような音まで聞こえているではないか。

「ふふふ」

番頭は軽い笑みをもらし、帳場のある部屋に引き返して行った。

それから一刻ほど経《た》って——。

間垣宋兵衛が寝ている部屋の小窓が、外から開けられた。

「チョビ。持ってきたかい？」

かすかな声がした。

「ほら、どうした。チョビ。早く持ってきておくれ」

呼んだのは、番頭だった。

「あいにくだな、番頭さん」

後ろから民斎が声をかけた。

「え？」

番頭は慌《あわ》てて振り向いた。

「誰だ、あんたは？」

「ここの用心棒の友だちだよ」

「そ、それでなにをしてる？」

「仔犬を呼んでるんだろ。残念だが、あの仔犬はいい女ができてしまって、小判になんか興味が無くなっちまったみたいだぜ」

「なんだって」

「相手は、万姫さまという色気たっぷりのお姫さまなんだ。顔はまさにちんくしゃだけどな」

「チョビはまだ仔犬だぞ」

「ほら、番頭さん。このとおりだ」

間垣宋兵衛が白いチョビと黒い万姫の二匹を抱いてきた。地面に下ろすと仲良くつついてはしゃいでいる。

「まさか、番頭さん、あんたがね」

と、今度はあるじも現われた。

「だ、旦那さま……」

番頭が一瞬、怯《おび》えたような顔をしたが、すぐに居直ったらしく、

「残りの人生も人に使われてちまちま生きていくのが嫌になったのさ」

そう言うと同時に、番頭は間垣の懐に飛び込むと、さっと間垣の剣を引き抜き、

「とぉりゃあ」

そばにいたあるじに向かって斬りつけた。

「危ないっ」

ぎりぎりのところで、あるじは後ろに逃げた。

「こうなりゃ皆殺しだ」

番頭は青眼《せいがん》に構えた。民斎が見てもいい構えである。

「番頭は、道場に通って、免許皆伝の腕です」

あるじが言った。

「くそお、しまった」

間垣が呻《うめ》いた。明らかに油断していたのだ。

「用心棒。きさまが先だ」

番頭が斬ってかかるのを、民斎がわきから抜き打ちで下から剣を撥《は》ねあげた。

中庭の闇に激しく火花が散った。

そのまま民斎は、番頭の持った剣を巻きあげる。

そのときには、民斎の剣が番頭の喉元に突きつけられている。

「あっ」

番頭の、いや間垣の剣は宙を舞い、少し先の地面に突き刺さった。

「おい、あんた。ただの易者か？　さっきの立ち回りは、並の遣い手ではなかったぞ」

あとの処理はあるじたちにまかせて、西州屋から立ち去ろうとしていた民斎に、間垣宋兵衛が言った。

「易者を馬鹿にしちゃいけない。わたしくらいの易者になると、あいつの剣さばきも、どうすればいいかも、ちゃんと占いで答えが出ていたのだ」

民斎がそう言うと、間垣は、

「へえ。たいしたもんだなあ」

と、心底、感心したようである。

「こう見えても、わたしは易者として江戸で三本の指に入るはずだ」

例の鬼占いを使えば、江戸でいちばんと言ってもいいだろう。

「そうだろうな。あんたみたいな人だったら、さぞかし幸せな人生を送ることができるんだろうな。羨《うらや》ましいよ」

「…………」

妻には逃げられた。口の臭い上役からはいいようにこき使われている。迫りつつある危機の背後になにがあるのか、見当もつかない。

占いで幸せになれたら、誰も易者なんてしていない。

「ひとつだけ言っておく……」

と民斎は間垣に言った。

「おかねにだけは手を出さぬほうがいい。あれこそまさに女難のもとになる」

女難の相あり

一

鬼堂民斎は、夜中に尿意を覚えて目を覚《さ》ました。

昨夜、八丁堀の家にもどり、地下室の順斎の相手をしながら茶を飲み過ぎたのだ。

あのお爺《じい》の話は、くだらないけれど面白いのである。なんの役にも立たないが、卑俗ではない。どこか超越している。

順斎のことは世に知らしめてやりたいくらいだが、地下から出ようとはしない。なにかにひどく怯《おび》えているのだ。

厠《かわや》に行くため、手燭《てしょく》に火を点《とも》し、立ち上がった。

——えっ。

民斎は思わず目を瞠《みは》った。

簞笥《たんす》の上に鏡が置いてある。失踪した妻のものである。その鏡に民斎の顔が映ったのだが、一目見て、

——女難の相がある。

と、思ったのである。

女難の相というのは、まずい顔にはなかなか現われない。自分で言うのもなんだがと思うが、民斎の顔立ちはいちおう整《ととの》っている。造作に大きな欠点はない。

ところが、女には昔からもてない。

本来、もてないというのは女難ではない。女に縁がないのだ。

女難のほうはいちおう縁がある。だが、それが手ひどい災厄をもたらすのである。

民斎はもてないはずなのに、女難の相が現われた。

その相は、ずっと前から出ていたのか、近ごろ現われたのか、鏡など滅多《めった》に見ないのでわからない。

だが、ずっと出ていたとしても不思議はない。妻に逃げられたし、しかも妻の失踪はなにやら不気味な動きにからんでいるようなのだ。

立派な女難と言っていいだろう。

それとも、近ごろ恋い焦《こ》がれている木挽町のほうの長屋に住む亀吉姐《ねえ》さんがからんでのことなのか。

なんだかすっきりしない気持ちのまま用を足し、ふたたび眠りについたのだった。

翌朝――。

人形町《にんぎょうちょう》に近いへっつい河岸《がし》に座った。

最初に目の前に立ったのは、四十くらいの町人で、いい身なりをしている。だが、金の亡者のような、卑《いや》しい感じはしない。

なんと、この男に女難の相があった。

昨夜は自分の顔に女難の相を見つけ、今日は最初の客にである。急に女難の見え方が鋭くなったのだろうか。なにかについて、突然勘《かん》が冴《さ》えるというのは、易者にはありうることなのである。

「あ」

と、民斎は指を差した。

「なんだい？」

「いやいや、なんでもないんだ。ただ、悩みごとがありそうな顔だなと思っただけ」

慌《あわ》ててごまかした。

勘違いかもしれないし、余計なことを言うと客を逃がすかもしれない。

「そりゃあ悩みがなかったら易者の前には立たないよ」

「まったくだ。して、悩みは？」

「じつは、わたしの店の裏庭に、大きなけやきの木がある。ところがもう一棟《むね》、蔵を新築しなければならなくなり、これを伐《き》らないといけなくなった」

「蔵をもう一棟とは、ずいぶん儲《もう》かっているみたいだな」

「商売のためにはどうしても蔵が必要になったのさ。だが、わたしはああいう大きな木には心が宿っていて、伐ると祟《たた》りがあるような気がする」

「ほう」

樹木や生きものを大切にするのはいい心がけである。度が過ぎるとよくないなどと言う者もいるが、いい心がけは度が過ぎるくらいでいい。

「蔵はどうしても必要で、裏庭が駄目なら一町《ちょう》（約一〇九メートル）ほど離れた借地に建てることになる。これだとかなり不便になるし、番をする者も必要になる。それでほんとに祟りがあるのか、観《み》てもらおうと思ったのさ」

「わかった」

「そんなことでも易でわかるのかい？」

「もちろんわかるさ。いままでと身の回りが変わってしまうわけだ。それが吉となるか、凶となるか。引っ越しなどを占うようなものさ」

「なるほど」

「あんたのところの商売は？」

「そこに見えるだろう。あれがわたしの店だ」

客は後ろを向いて、正面を指差した。

間口七間《けん》（約一二・七メートル）ほどか。なかなか立派な店構えだが、真正面にのれんがかかっていて、中で売っているものがよくわからない。

「屋号が頑丈堂《がんじょうどう》か」

「金物を扱っている」

「なるほど。だが、金物といってもいろいろだ」

「鉄器のいいもので、大名家とも取引があるよ」

「そりゃあ固い商売だ」

「いや。売っているものが固いだけで、商売そのものが固いわけではない」

「そうなのか」

「けっこうつぶれる店も多い、やわらかい商売だ」

「その商売に、女がからんでいることはないかい？」

と、民斎は訊《き》いた。もう、明かしてもいいだろう。逆に、ここを訊いておかないと、易も外《はず》すかもしれない。

「女？」

「そう。じつは、あんたの顔に女難の相が出てるんだ」

民斎は自分でも不思議だった。

本来、この手の顔に女難が現われることはない。

美男とは言い難い。まさに鉄を扱うのにふさわしいような、角ばった顔である。意志は強そうだし、だらしないところもなさそうである。

だが、どう見ても女難の相である。

女難の相というのは、目元あたりに現われる独特の気配である。これは見る目がなければわからない。が、顔相も観ることができる易者であれば、かなりはっきりとわかる。

「そりゃあないな」

と、頑丈堂のあるじは笑った。

「なんで？」

「わたしは女嫌いだ」

「へえ」

「女とはいっさい付き合いがない。だから、女難になど遭うはずがない」

自信たっぷりに言った。

「独り身かい？」

「ああ。跡継ぎも、姉の子どもを養子にしている」

「だが、付き合いはなくても知り合いくらいはいるだろう？」

「いない。女とは知り合わないようにしているのだ」

「昔から？」

「あんたが訊きたいのは、男が好きなのかってことか？」

「いや、まあ」

はっきりは言いにくいが、そういうことである。

「だったら違う。若いとき、女からひどい目に遭った。理由はあるのだ。だが、そのことは言いたくない」

「いや、それは別にいいのだが、わしも、これだけはっきり女難の相が見えるのはめずらしいのだ。あんたにはぜったい、近々女難が訪れるぞ」

民斎も自信たっぷりに言った。

「ほう、面白いねえ」

頑丈堂のあるじがからかうように言うと、

「ああ、面白いな」

民斎は憮然《ぶぜん》として言った。

「それはともかく、けやきの件を占ってくれ」

「わかった」

と、こっちは八卦《はっけ》で占うことにした。

筮竹《ぜいちく》を一本引いてもらう。

「うむ。やはり、けやきの木は伐らないほうがよいな」

「そうか」

ホッとした。

「では、離れたところに蔵を建てることにするよ」

見料《けんりょう》を払って帰ろうとするのを、

「ちと、待たれい」

と、民斎は慌てて止めた。

二

「女難の相が気になるのだ。けやきのなりゆきを知りたい」

「それはいいが、これ以上の見料は払わないぞ」

「ああ、かまわぬ。まずは、そのけやきを見せてくれ」

「では、いっしょについて来なさいよ」

と、店に向かって歩き出した。

正面からは見えなかったが、ちょっと横にずれると、建物のあいだからけやきの上のほうが見えた。

高さといい、枝の広がり具合といい、相当な巨木であるのはわかった。

いったん店に入り、通り抜けの土間をまっすぐ進んで裏庭に出た。

けやきが見えた。

「ほう。立派なもんだな」

民斎は感心した。

「人もこれくらい立派になれたらたいしたものだが」

なかなかいいことを言う。

若葉が萌《も》え出て、その色といい、艶《つや》といい、陽の光を透《す》かしながら風に揺れるさまは、いくら眺《なが》めても飽きない。

この下に台を置き、占いの店を出したいくらいである。

たしかに伐るのは勿体《もったい》ない。

樹齢はわからない。江戸はときどき火事に見舞われるので、このあたりは何度か焼かれているはずだ。

しかも、ここは昔、葦《よし》の原《はら》で、浅草寺《せんそうじ》の向こうに行く前、吉原《よしわら》があったところである。

以前、目黒《めぐろ》の寺で樹齢五百年のけやきを見たことがあるが、それをややこぶりにしたくらいか。

両手で抱えきれないくらいの幹に耳をつけてみた。

ざぁーっという音が聞こえる。地中の音なのか。

心みたいなものも感じる。

「伐ろうと言い出したのは、旦那じゃないんだろう？」

「ああ、うちの番頭だよ」

「番頭か」

何気なくそう言ったら、

「うちの番頭も女難はないぞ」

と、先に言われた。それは、もちろんあり得ない。顔に出ている当人にふりかかるので、番頭の女難があるじの顔に出たりはしない。

ただ、番頭の女房が乗っ取りに動いていたりするかもしれない。

「なぜ、ないとわかる？」

「わたしの弟なんだ。弟も女嫌いだ。女難に遭うはずがない」

兄弟そろって女嫌い。

めずらしい家族もあったものである。

と、そこへ——。

「兄貴」

と、寄って来た。

皺《しわ》の数が少なくなかったら、双子かと思えるくらいよく似ている。紹介されなくても、番頭だとわかった。

「おう、升蔵《ますぞう》。この人はさっきそこに出ていた易者さんだ。けやきのことを占ってもらったら、やっぱりこういう大木は伐らないほうがいいとさ」

「え、ということは？」

「新しい蔵は、あっちの土地に建てよう」

「それが駄目なんですよ」

「なにが？」

「あの土地の持ち主の母親が、家のわきに蔵なんか建てられたら、陽当《ひあ》たりや風通しが悪くなって堪《たま》らないと言い出したんです」

「いままではどうしてたんだっけ？」

「屋台の店が出てくるのに貸していたんですよ」

「そうか」

「やっぱり、けやきは伐るしかないですね」

番頭がそう言ったとき、

——ん？

民斎は周囲を見回した。

どこかで誰かがひどく動揺した気配がしたのである。

三

民斎はいったん奉行所に顔を出すことにした。

水辺の悪事を担当することになっているが、女難の相から余計な騒ぎに関わってしまった。他愛《たわい》もない騒ぎである。兄弟そろって女嫌いというくらいだから、どうせ女難の相もたいしたことにはならないだろう。

――うっちゃっておくか。

本当なら、鬼堂一族のごたごたについて探ったりすべきなのだろうが、そっちには
どうしても尻ごみしてしまうのだ。かなり面倒なことに関わらなければならない予感
がひしひしとする。

幸い、このところ、大きな騒ぎは起きていない。

このまま、まただらだらと数百年ほど経《た》ってもらいたい。

南町奉行所に来た。

同心部屋に顔を出し、かんたんな報告書を仕上げてずらかろうと思っていたが、

「よう、鬼堂、暇《ひま》そうだな」

平田源三郎に見つかってしまった。

この男が、鬼堂家の事情について、けっこう知っていたりするのは腹立たしい。

なぜ平田が鬼堂家の裏の事情について知っているのか。

代々、上役に当たってきたため、過去のなりゆきなども伝えられてきたのかもしれ

ない。

その件についてはくわしく訊いたほうがいいのだが、なにせ平田は口が臭いのであまり話をしたくないのだ。

「いや、暇なんてことはないですよ」

くだらない雑用を押しつけられたらたまらない。

「今日はなにやってたんだ？」

「いえね。へっつい河岸のところにある頑丈堂って金物問屋なんですが」

「ああ、頑丈堂か」

「ご存じなので？」

「ああ、あそこのあるじは、〈世の乱れを直す会〉の会長をしているんだ」

「なんですか、それは？」

「世の中の男女の乱れも、奉行所で厳しく取《と》り締《し》まるべきだと、しょっちゅう訴えてくる奴なんだ」

「そうなんですか」

「弱った野郎だよ。とにかく、世の浮気、妾《めかけ》を持つこと、密通に姦通《かんつう》、これらはすべて、獄門首にすべきだってんだから」

「へえ。それはたいしたもんだ」

「なにがたいしたもんだだよ。おめえだって、長屋の芸者のことを知られたら大変だぞ。〈世の乱れを直す会〉がぞろぞろやって来て、大騒ぎしちゃ、恋愛沙汰《ざた》もぜんぶぶち壊しにして行くんだから」

「そういう人たちでしたか」

「頑丈堂がどうかしたのか？」

「いや、蔵を建てるのに、庭のけやきを伐るのがいいかどうか占ってくれと言われましてね。それで、なんとなく問題が起きそうな気がしているんです」

「なんとなくな」

「ただの勘てえやつです。それなので、もう、うっちゃっておこうと思っていたところです」

「いいから、関わっておけ」

「木を伐るうんぬんにですか？」

「ああ、それでなにかあったら、頑丈堂を助けてやれ」

「助ける？　なんでまた？」

「それで、あいつに恩を売っておくのだ。そうすれば、おれたちのすることにもがたがた言わなくなる」

平田はにやりと笑った。

だが、「おれたち」とはなんなのだ。民斎としたら、こんな奴といっしょにしてもらいたくない。

「なにか言われているんですか？」

「おれが妾を囲っているのが知られた。町奉行所の与力がそんなことしていいのかと、お奉行にもがんがん文句を言ってきてるんだ」

「へえ」

そういういいことは、どんどんつづけさせたい。

「だから、お前はいろいろ便宜を図ってやり、たっぷり恩を着せたところで、わたしの上役は平田源三郎というのだと教えてやれ」

「はあ」

なんとも虫のいい命令だった。

木挽町の長屋に寄って、亀吉姐さんが教える花唄を聴《き》きながら昼寝でもしようと、三原橋《みはらばし》を渡ったところで、

「あら、民斎さん」

「え？」

年増のいい女に慣れ慣れしく声をかけられた。

化粧っけはなしの、髪は軽く巻き上げただけ。だが、肉感たっぷりで、どこか夜の匂いを感じさせる。

誰だっけ？と顔を見つめた。

「やあね、わからないの？」

「お客で観たのかな？」

「お客？」

「わしは易者をしているのだ」

「知ってるわよ。この前、うちの店に来てくれたでしょ。ち、ぶ、さ」

「あっ、亀吉姐さんのおっ母《か》さん」

この前は薄暗い店の中で、しかも厚化粧だった。陽の下で見ると、また印象は違う。

「そういう言い方はやめて」

しなをつくりながら言った。

「どういう言い方です」

「あの子の母とか、誰かの親戚とか。そういうんじゃなく、あたしは、あ、た、し。わかるでしょ？」

「ははあ、ええと、たしか名前はおみずさん」

ちぶさの女将《おかみ》のおみずって、ふざけてるんじゃないだろうな。

「そう。民斎さん、お店来て」

「じゃあ、また亀吉姐さんと」

「そうじゃなく。あの子は抜きで」

「はあ。でも、お店流行《はや》ってるじゃないですか」

「流行ってるったって、来てるのはろくでもない男ばっかり」

その、ろくでもない男に惚《ほ》れるのではないのか。

「じゃあ、暇ができたら」

「そんなこと言わずに。あの子の面白い話、教えてあげるから」

「え」

「今晩来て、今晩。じゃあね」

おみずはまるで約束でもしたように、歩き出してしまった。

亀吉の花唄を聴きながら、たっぷり一刻《とき》（二時間）ほど昼寝をし、また頑丈堂にやって来た。

午後からさっそくけやきを伐ることになったのだ。

これでなにか女難に関わることが起きるのか、想像がつかない。

材木屋が来ていた。

伐って、これを買い上げ、さまざまに利用するのだろう。

棟梁《とうりょう》と三人の弟子たちが、どっちのほうに伐り倒すか、検討を始めた。

「これだけの大木だと、考えずに伐ろうものなら大惨事を招くからね」

と、棟梁が言った。

「家なんかつぶれちまうねえ」

頑丈堂のあるじが心配そうに家や塀《へい》を見た。

「よし。こっちだな」

と、倒す方向は決まったが、枝が邪魔になるので、先に払っておくことになった。

これはとても一日仕事でできることではない。

「梯子《はしご》をかけろ」

棟梁が命じたとき、

「うゎあああ」

と、不気味な悲鳴が聞こえた。

「なんだ、いまのは？」

「上で聞こえたぞ」

弟子たちが騒いだ。

上を見てもざわざわと揺れる若葉が茂っていて、てっぺんのほうはあまり見えない。

すると、さらに、幹を伝うように、だらだらと真っ赤な水が流れてきた。

「おい、これ、血じゃねえか」

「血だ」

「誰か上で殺されてる？」

皆、足がすくんで動けない。

民斎がかかっていた梯子を上った。

「大丈夫かい、易者さん？」

あるじが声をかけた。

「銀杏《いちょう》にはオスメスがあるが、けやきにもありましたっけ?」

「けやきは、花だけがオスメスに分かれるんだ。幹はいっしょだよ」

棟梁が下から答えた。

だとすると、けやきの女難ではなさそうである。

梯子が上まで届かないので、その先は枝から枝を伝った。

視界の端《はし》に一瞬、赤いものがちらついた気がした。

——魔物……?

たしかめるとなにも見えない。

「誰もいませんな」

血らしいものは途中から流れ出たみたいになって、いまは止まっている。

「やっぱり祟りだろう」

「そうだろうな」

民斎が下に降りると、頑丈堂の兄と弟はそんな話をしていた。

「やっぱり伐るのはやめようか」

「そうだな」

材木屋がそれでは商売にならないから、困った顔をして、

「でも、蔵建てるんでしょ？」

と、訊いた。

「そうなんだよな」

頑丈堂のあるじも困った顔で考え込む。

「あ、ちょうどいい。易者さんよ」

「占えってかい？」

「ああ。なにかいい解決策を見つけてくれ」

「そりゃあ、まあ、かまわぬが」

木の下で、急遽《きゆうきよ》、易を始めた。

筮竹を抜かせると、

「うむ。いい方法がある。この木を伐らずに、向こうの土地に移せばいい」

別に易で出たわけではない。適当な思いつきを言っただけである。

「木を移す？」

「できるよな？」

と、民斎は材木屋に訊いた。

「そりゃあ、できなくはないけど、これだけの大木を移すとなったら、伐るよりずっと金がかかりますよ」

「金はしょうがない。祟られるよりはましだ」

と、あるじが言った。

「じゃあ、それでやりましょう。ただ、このままは無理です。どっちにせよ、枝葉はだいぶ落としてから移します」

「ああ、いいよ」

梯子をかけ、弟子が二人、上で枝を伐り始めた。また、何か起きるのではないかと、おっかなびっくりといったようすである。

弟のほうは店にもどり、あるじは民斎と並んで仕事を見物していたが、

「旦那、大変です」

店のほうから手代が飛んで来た。

「どうした?」

「番頭さんが、番頭さんが」

「升蔵がどうかしたのか?」

「倒れて、気を失ってます」

「なんだって?」

あるじが走り、民斎もあとにつづいた。

四
「升蔵、しっかりしろ」

あるじが弟を抱え起こした。

「医者は呼んだか？」

「はい、いま」

手代が飛び出そうとすると、

「大丈夫だ。たいしたことはないよ」

弟がはっきりした口ぶりで言った。

「いきなり仏壇が倒れてきたんだ」

と、横にひっくり返っている仏壇を示した。

そう大きなものではない。漆塗《うるしぬ》りの立派なものだが、みかん箱くらいのものである。

「これが倒れてきたんですか？」

民斎が訊いた。

「そう。箪笥の上にのっていたんだがね」

「番頭さんはなにをしていたんです？」

「あたしはここで、帳簿を見ていたんだよ。そしたらいきなり」

民斎は周囲を調べた。

仏壇の裏は、壁ではなく、明かり取りを兼ねた障子《しょうじ》の窓になっている。その窓の外は廊下である。

誰かが後ろから押すこともできる。

「民斎さん。わたしたちは、おふくろに女手一つで育てられ、そのおふくろが仏壇に入っているんですが、女難の相ってこれのことですかね？」

と、あるじが訊いた。

「それは仏罰で女難ではないだろうな」

「ですよね」

升蔵の怪我《けが》はたいしたことはない。頭ではなく、背中に当たっただけだった。

仏壇自体もそれほど重いものではない。

殺すつもりではなかったのでは？

脅《おど》しだとすると。

あの悲鳴といい、血といい、そして番頭の怪我。

この店に、けやきを伐らせたくない者がいるのではないか。

「この家に女はまったくいないのかい？」

と、民斎はあるじに訊いた。どうしても女難が引っかかる。

「まったくじゃないですが、台所の仕事をする通いの婆《ばあ》さんが二人いるだけです」

「ふうむ」

婆さんには悪いが、女難には色気が伴う。たぶん、その人たちは関係ない。

「蔵をつくる話ってのはいつからだい？」

と、民斎は訊いた。

「最近です。もとからあった蔵もいっぱいになってはいたのですが、大きな仕事が入ってきましてね」

「大きな仕事？」

金物屋の大きな仕事というのはあまり想像できない。

「このお隣が〈白山屋《はくさんや》〉といって粉屋《こなや》さんでしてね」

「粉屋？」

粉と鉄となんの関係があるのか。

「ええ。それで、うどん屋もやってるんですよ」

「ははあ」

「うどん屋というと、必ず大きな鉄の釜《かま》がいるんです。それでそのうどん屋が繁盛《はんじょう》しているので、江戸にあと五軒ほど店を出すことになったんです」

「なるほど」

「しかも、ここのうどん屋は、鉄鍋で鴨《かも》などを煮て、最後にうどんを入れて食うのが名物になっているんです」

「うまそうだな」

「そのための特別な鍋も大量に必要なわけです」

「そういうことか」

「わたしのところも、特別な鉄鍋を一度には揃《そろ》えることはできませんから、先につくらせてそれを蔵に入れておかなければならないのです」

「そうか。では、お隣に儲けさせてもらうわけか」

「ええ、まあ」

「白山屋とは商売の付き合いも長いのかい？」

「それが隣にいて、初めてなんです」

「あ、初めてなの」

「もちろん、ちょっとした買い物くらいは隣同士でやってましたよ。仲が悪かったというこどもないですし。ただ、粉と金物じゃ、商売になるようなことがなかっただけでね」

「そうか、お隣のね」

もしかしたら、けやきを伐らせたいため、無理に注文をつくったということはないだろうか。

外に出て、隣の白山屋をのぞいてみた。

帳場のあたりにうどん粉でも塗りたくったように色の白い、いい男がいた。

「たいした美男じゃねえか」

民斎はつぶやいた。

しかも、その二軒を眺めるうち、白山屋とは反対側の、頑丈堂の隣家にも目が行った。

そこはろうそく屋で〈月光屋《げっこうや》〉という看板が掲げられている。その店先にいるお内《か》儀《み》らしい女を見ると、

「おい、こっちもたいした別嬪《べっぴん》だぞ」

なにやら臭い始めた。

五

升蔵の事故のこともあり、けやきを伐るのは数日延ばしてもらうことになった。

民斎はそれからしばらく、へっつい河岸に座って、頑丈堂と白山屋のようすを眺めた。

暮れ六つ（午後六時頃）になって、商家もみな、店仕舞《みせじま》いになったので、民斎も引き上げることにした。途中、おみずが言った亀吉の秘密というのにつられて、つい〈ちぶさ〉に足を向けてしまった。

——まさか、長いこと世話になっている旦那がいるとかじゃないだろうな。

と、歩きながら思った。

それも、町奉行と、相撲《すもう》の横綱と、やくざの親分の三人とか。

もちろん芸者をしてたくらいだから、旦那がいたときもあっただろう。

でも、いまは花唄だけで食っているはずである。だから、あんな冴えない裏店《うらだな》に住んでいるのだ。

戸を開けて中に入ると、

「あら、民斎さん、来てくれたの」

おみずが嬉《うれ》しそうに声をかけてきた。

「ええ」

店はこの前よりは空《す》いているが、充分、繁盛している。

「あの子のこと、好きなの？」

酒を注《つ》ぎながら、おみずは訊いた。

「亀吉姐さんを嫌いな男がいますかね」

当たりさわりのない返事をした。

「そりゃあ、いろいろよ」

「そうですかねえ」

「だって、あの子、殿方につれないし」

「そりゃ、まあね」

たしかにやたらと愛想をふりまく女ではない。そこがまた亀吉の魅力なのだ。

「ちなみに、おみずさんて、ほんとの名前ですか？」

おみずの娘で亀吉の名とは、どういうつながりなのか。

「そうよ。あたしの父親ってのがちっと変わった人で、天地のことを研究する学者なの」

「天地のことって?」

「星を眺めたり、土や岩を調べたりしてる」

「へえ」

「それで、水って大事なものでしょ」

「水がなかったら生きていけませんからね」

「あたしの妹は川《かわ》って名前よ」

「おかわさんですか」

みずと、かわ。たしかにつながりはある。

「それであたしにあの子が生まれたら、なんてつけたと思う?」

「あ、亀じゃないんですか?」

「違うわよ。亀吉は、芸者の先輩が鶴吉《つるきち》だったからよ。ほんとの名前は、天《てん》」

「天?」

「そう。頭の上にあるあの天」

「おてんちゃんですか」

「面白いでしょ。おてんばみたいで」

「かわいいですよ」

おてんちゃんと呼ばれながら育った亀吉の子どものころを見てみたかった。

「それで、民斎さん、あの子のこと、口説《くど》いたの？」

「そのつもりなんですけどね」

「あの子、臆病なのよ、男に」

「なんか手痛い失敗でもしましたかね」

「してないから臆病なのよ、男に。あの子、もしかしたら、おぼこかも」

声を低め、勿体ぶった調子で言った。

「おぼこ……」

胸がどきどきしてきた。

「芸者してておぼこなんて信じられる？」

「古今まれかもしれませんね」

そう言いつつ、初日の出を眺めるときのような、おごそかで清々《すがすが》しい気持ちになっている。

「ねえ、民斎さん。あの子よりあたしのほうがいい女だわよ」

「比べるのはいけません。たしかにおみずさんはいい女ですが」

「あたし、今晩あたり民斎さんの家に忍んでいくかもしれないわよ。じつは、あたしの家、あの長屋のすぐ真裏なの。後ろの戸をちょいと開けておいてくれたら忍び込むこともできるわよ」

「忍ぶ？　いやいや、それはいけません」

「どうして？」

「そりゃあ、駄目に決まってるじゃないですか」

こんなところから噂《うわさ》が駆けめぐり始めたら、亀吉に口もきいてもらえなくなる。

民斎は必死で断わって、外に飛び出した。


歩きながら、ふと、思いついたことがあった。

――あのけやきを伝って、粉屋のあるじが、ろうそく屋の内儀に夜這《よば》いをかけているのではないか？

だが、それだったら、けやきを伐るようなことはさせないはずである。

――逆か？

ろうそく屋の内儀が夜這いをかけてくるのにうんざりし、けやきを伐ってもらいたくなったのかもしれない。

民斎はその足で、頑丈堂に向かった。

まだ夜は早い。あるじも寝てはおらず、声を上げて『論語《ろんご》』を読んでいたところだったという。

「もしかして、あんたを女嫌いにさせたのは、お隣のろうそく屋の内儀じゃないよな？」

「ど、どうしてそれを？」

と、民斎は訊いた。

「やっぱりか」

「まったく、隣にあんな女が生まれたなんて、最悪ですよ」

「なにがあったんだよ？」

しばらく言いたくなさそうにしていたが、

「あれはわたしと弟が十一と十のときでした……」

と、語り出した。

「隣の家に遊びに行ったとき、おつた——名前はおつたっていうんですが、商売物のろうそくを持ってきて、ろうそくは明るくするためのものじゃないよと言い出したんです」

「ほう」

「なんのためだって訊くと、いい気持ちになるためだって」

「いい気持ち？」

「ええ。いい気持ちになりたいかって訊くから、わたしたち二人もうなずきました。わたしたちは、二つ歳上《としうえ》のおつたのことを好きだったんです。見た目は清楚《せいそ》で可憐《かれん》で、しかも十三歳にして充分色っぽかったんです」

「だろうな」

江戸の早熟な娘は、十三くらいで嫁にも行ったりする。

「それで、おつたはわたしたちを蔵に入れ、裸になれと言うわけです。わたしも裸になってあげるからって」

「おいおい」

聞いているうちどきどきしてきた。

「わたしたちは言われるまま裸になりました。すると、二人を後ろ手に縛りあげるじゃありませんか」

「ははあ」

「そして、おつたも約束どおり裸になってくれました。そりゃあ、もう、裸は神々《こうごう》しいくらいでした。ところが、おつたはそれからわたしたちにろうそくを垂《た》らし始めたのです。その熱いこと」

「気持ちよくはなかったのか？」

「とんでもない。だが、女と男は、夜は必ずこういうことをして楽しむんだそうですね。ろうそく屋が食べていけるのも、そのせいなんだと聞きました」

「そんな馬鹿な」

「でも、あいつはそういう絵も見せてくれましたよ」

「そりゃあ、変わった連中のすることだよ」

たぶん、おつただってたいしてわかってはいなかったのではないか。

「ところが、おつたが使っていたろうそくの炎が、蔵の中のろうそくに移ってしまったのです」

「ありゃりゃ」

「おつたは、あたし、知らないとか言って逃げ出すし、わたしたち二人はろうそくの炎に炙《あぶ》られながら、恐ろしさに泣きじゃくりました。結局、助けられはしたのですが、女の怖さが心に刻みこまれ、以来すっかり女嫌いになったというわけで」

「なるほど、あんたたちの女嫌いのわけはよくわかったぜ」

民斎は大きくうなずいた。

女難の相の正体も、徐々に見えてきている。

六

一日置いて——。

鬼堂民斎は、深夜になって頑丈堂の裏庭へやって来た。

とんでもない謎を明らかにしてやるから、裏塀の隠し戸を開けておくようあるじに言っておいたのである。

ひとり庭に入り、塀ぎわのあじさいの陰にひそんだ。民斎の肩には、ふくろうの福《ふく》一郎《いちろう》が留まっている。

真夜中になると、案《あん》の定《じょう》である。

木の上がざわざわと揺れ出した。

「福一郎、行け！」

「ほっほうほう」

福一郎がけやきの梢《こずえ》の中に突進した。

「あっ」

女が落ちそうになったらしいが、くるりと回り、おかしな体勢のまま、これも前もって開け放たれていた窓から、頑丈堂の二階に転《ころ》がり込んだようだった。

「うわっ」

二階で大声が聞こえた。

なにが、どうなったのか。民斎は目論見《もくろみ》が当たったのでにやにやしている。

「た、助けて」

あるじの声がしている。怯《おび》え切った必死の叫びである。

「どうしたんだ？」

民斎が下から窓に向けて訊いた。

「いきなり裸の女がわたしの上に」

女はけやきに飛び移り、隣の家にもどったらしい。

「あっはっは。やっぱり、女難だったぜ」

民斎は夜の闇の中で大きな笑い声を上げた。

ただ、頑丈堂の女難はわかったが、自分の顔に出ていた女難の正体は、まだはっきりしていない。おみずに口説かれるくらいで済めばいいが、そんな程度では済まない気がする。

民斎、そこらはどうもすっきりしない。

翌朝——。

民斎はあらためて頑丈堂を訪れ、ざっと謎解きをしてやった。

「ろうそく屋のお内儀が、一軒置いた粉屋に、けやきの木を伝って夜這いをしていたってわけさ。もちろんいくら旦那が養子でも、そんなことを知られたら大変なことになるわな。

まあ、二人ともなかなかの美男美女。最初のうちはうまいこと楽しんでいただろう。

だが、男は飽きたんだろうな。もしかしたら、おつたはろうそく遊びでもやり出したのかもしれないな」

「きっとそうだよ」

と、頑丈堂の兄弟はうなずいた。

「だが、おつたのほうは許さない。来るなと言おうものなら、すべてを打ち明けるとでも言って脅したりしたのだろう」

「そういう女ですよ」

あるじが言った。

「そこで、粉屋のほうは、忍んで来られないようにすれば、諦《あきら》めるのではないかと思ったのさ。それには、けやきの木を伐るのがいちばんだ」

「だが、木はうちのもの。勝手に伐るわけにはいかないわな」

「そう。そこで、商売の規模を拡大させ、もう一棟、蔵が必要だと思わせるため、在庫を増やすようにしたってわけだ」

「じゃあ、うどん屋を何軒もつくるって話は？」

「それはほんとなのか、ただの口実なのかはわからねえ」

「いや、ここまでの騒ぎにしたんだから、なんとしてもやってもらうさ」

と、頑丈堂の兄弟はいきり立った。

「一方、おつたはおつたで、伐られるのも、移されるのも困る。それで、そんな話が出ると、けやきから赤い絵の具を垂らしたり、家に忍び込んで仏壇を倒したり、一町向こうの地主にいろいろ吹き込んで、邪魔をしたりしていたってわけさ」

結局、二人は両脇の男女の不義密通に踊らされていただけというわけである。

七

不義密通の罪で日本橋にさらされるのも可哀相《かわいそう》なので、粉屋のあるじとろうそく屋の内儀にはそっと注意をし、民斎もこれでことは解決したかと思ったのだが――。

事態はもう一転した。

結局、けやきは移すことにして、根元を掘り始めたら、

「あれ、なんだ？」

けやきの根元に穴が開いたというのである。

おかしなことがあるものだと、穴をさらに掘ると、なんと洞窟のようになっていたではないか。

「なんだ、これは？」

穴は両側に通じている。

「おつたのやつ、もう一本、通り道を」

と、頑丈堂のあるじは疑った。

「違うよ、兄貴。それならけやきの木なんか使わず、こっちを使うだろうよ」

「おい、まさか」

と、ここで再び民斎が呼ばれた。

木を移すのをふたたび中断して、夜になるのを待つと——。

なんと、粉屋の妻が、ろうそく屋の夫のところに忍んで行くため、裸で洞窟に降りてきたではないか。

「こっちは、こっちで？」

「そう。夜な夜な、逢瀬《おうせ》を重ねてきたんだろう」

頑丈堂は怒った。

「お前ら、いい加減にしろ！」


結局——。

頑丈堂が騒いだため、粉屋とろうそく屋は店を移し、へっつい河岸から出て行くことになった。たっぷりと見舞い金を受けとり、けやきも移さずにすんだ。もちろん洞窟は埋めて。

どうせなら互いに夫と妻を交換すればいいではないかと持ちかける者もいたらしい

が、実はどちらもうんざりしていたらしい。

「だから、女は信用ならないのだ」

憤慨《ふんがい》する頑丈堂に、

「男もいっしょだろうが」

と、民斎は言ったが、

「忍んでいたのは女のほうじゃないか」

まるで聞く耳は持たない。

怒りは激しくなる一方で、ついに店の前に大きく、

「女の客、お断わり」

という看板まで掲げるに至った。

鉄瓶、鍋、釜などは女が買うことも多く、民斎は商売上、これはまずいだろうと思った。だが、小売りより卸《おろし》が多いせいもあるのか、

「いさぎよい」

「同感だ」

などという声がほうぼうで相次ぎ、頑丈堂の売上は激増した。

しかも、〈世の乱れを直す会〉の活動もますます力を入れ、奉行所にやって来て

は、与力平田源三郎の不貞を非難すること、数度に及んだらしい。
もちろん鬼堂民斎がひそかに喝采《かっさい》を送ったことは、言うまでもない。

どっちがいい男

一

「ねえ、ねえ、易者さん」

その娘は、まるで友だちみたいな馴《な》れ馴れしさで声をかけてきた。

若い娘にそんなふうに話しかけられることは、三十男にとってけっして嫌《いや》なことではない。むしろ、自分まで若返ったような気がする。

「どうした、どうした？」

民斎は、いささか有頂天《うちょうてん》になって返事をした。

「あたし、優しそうな大店《おおだな》の若旦那と、貧乏で怒りっぽい職人の二人に、嫁になってくれと言われたんですよ。どっちを選べばいいですかね？」

「それって悩むことか？」

「悩んでいるんですよ」

「十人中十人とも、優しそうな若旦那を選ぶんじゃねえのか」

「そうですかね」

愛らしい顔立ちの娘である。

だが、どこか突飛な感じがする。髪型が変である。髪をふつうの島田《しまだ》などに結《ゆ》っているのではなく、巻き上げたあと、後ろを尻尾《しっぽ》のように垂《た》らしてある。こんな頭は見たことがない。

化粧の仕方も目の周りに軽く紅《べに》を刷《は》いたり、どこか変わっている。

着物の柄《がら》は、ちょっと見、鎌《かま》に輪《わ》に「ぬ」を描いた「かまわぬ」模様かと思ったが、鎌ではなく、かなづちになっている。

贋物《にせもの》の安物なのか、それとも、こういう柄を使う歌舞伎《かぶき》役者がいるのか。

そうした見かけをざっと眺《なが》めて、

「易を見るなら銭をもらうぞ」

と、民斎は言った。

「いくら？」

「相談ごとにもよるが、まずは百文《もん》」

「高いよ」

娘はすぐに言った。

確かに高い。だが、占いなどはそもそも若い娘が遊び半分にやるものではない。人生に行き悩んだ中年過ぎの人間が頼るものなのだ。

「だいたい若い者が占いに頼るなんて魂胆《こんたん》が駄目だな」

「そういうこと、易者が言う？」

「駄目か？」

「それでおまんま食べてんでしょ？」

「あっはっは。そりゃそうだ」

「変な易者！」

言いたい放題だが、この娘は憎めない感じがある。

「あんた、このへんの子か？」

と、民斎は訊《き》いた。

民斎がいま座っているのは、霊岸島新堀にかかった湊橋《みなとばし》の、箱崎《はこざき》寄りのたもとである。

蔵地が並ぶところで、大きな問屋も多い。

抜け荷などがここらで陸揚《りくあ》げされることも多く、水辺の見張りを担当する隠密《おんみつ》同心鬼堂民斎にとっては、重要な立ち寄り場所になっている。

「すぐそこで鼻緒《はなお》売ってるよ」

娘はわきを指差した。それらしき小さな店がある。

「名前は？」

「おくめちゃん」

自分でちゃん付けした。

「おくめちゃんは幾つだ？」

「十八」

「十八！　意外にいってるんだな」

「幾つに見える」

「十四、五かと思った」

「ふん」

と、むくれた。

だが、歳《とし》より下に見えるのは本当である。

「親には相談しないのか？」

「親はいないよ。二人とも」

「そこは？」

「叔父《おじ》さんの店。あたしは頼まれて店番してるだけだよ」

あっけらかんとしているが、この歳で両親がいないと、いろいろつらいこともあったのではないか。

「若旦那ってえのもここらの奴かい？」

「そう。そこの若旦那だよ」

「そこか？」

すぐ前の店である。大きな店で、〈信州屋《しんしゅうや》〉と看板が出ている。間口も七間《けん》（約一二・七メートル）ほどあるだろう。荷車がとまっていて、俵《たわら》が運び出されるところだった。

「そば粉の問屋で、江戸の多くのそば屋がここのそば粉を使っているんだって」

「へえ」

「その人は跡取り息子なんだよ」

「ははあ、そいつは本気かどうかわからねえぞ」

よくある話である。嫁に来いと言って口説《くど》いては、身体を奪《うば》ってぽい。そんな話はどれだけ相談に乗ってきたことか。

若旦那なんて奴らには、その類《たぐ》いが大勢いる。

若旦那の気持ちを占ってくれと言われたら、占うまでもない。「狙いはあんたの身体だけ」と答えることにしている。

「別にそれならそれでいいよ」

「いいのか？」

「あたし、別に大店のお内儀《かみ》さんになりたいわけじゃないし。むしろ、そんなのになったら、好きな芝居を観《み》に行ったりできなくなるし」

「だったら身をまかせたりしないほうがいいぞ」

「そんなの当たり前だよ。そこの家の二階で、三三九度をかわすまで身なんかまかせないよ」

「そうだ。それでいい」

騙《だま》される心配はなさそうである。

「それで占ってくれるの？　安くしてよ」

「占うより、わしがその若旦那と職人をじっくり観察してやるよ」

「ああ、そう。それでもいいや」

「若旦那はなんていうんだ？」

「宋太郎《そうたろう》」

「職人は？」

「甲七《こうしち》」

「名前がわかっても、顔を知らないと観察のしようもない。そいつらが来たら、合図してくれるか」

「どうやって？」

「宋太郎が来たら咳《せき》ひとつ。甲七だったら咳ふたつ」

「わかった。じゃあ、頼んだよ」

おくめはそう言うと、店にもどって行った。

昼近くなって——。

前の店から若い男が出てくると、おくめの店の前に立った。咳がひとつ聞こえた。若旦那の宋太郎である。

話し声はたまにしか聞こえない。

「七段目がよかった」

だの、

「小団次《こだんじ》は女形《おやま》もうまい」

などと言っているので、芝居の話をしているらしい。

若旦那は笑いながら、たたらを踏む恰好《かっこう》をしてみせた。ちょっと素《す》っ頓狂《とんきょう》な感じがする。

「跡継ぎにしちゃあ頼りねえな」

と、民斎はひとりごちた。

だが、優しそうではある。

ではあるが、役者にはなれそうもない、不細工なつらである。

素っ頓狂なのが、突飛な娘に惚《ほ》れた。じつは、似合いの男女かもしれない。家は若旦那のほうが金持ちでも、器量はおくめのほうがずっと上である。

若旦那は小網町《こあみちょう》のほうに歩いて行き、まもなくおくめがやって来た。

「どうです？」

「まあ、見た目はパッとしねえな」

「でしょ？」

「顔が気に入らないか」

「別に二枚目じゃないと嫌だってわけじゃないんです。ただ、あまりにもぴりっとしないじゃないですか」

「たしかにな」

おくめの迷う気持ちは充分わかった。

この日は、夕方まで座っていたが、職人の甲七のほうは現われずじまいだった。

二

霊岸島からの帰り道になるので、民斎は八丁堀の役宅に立ち寄った。

湊橋から民斎の役宅まではほんのすぐである。

本来はここの役宅が民斎の住まいなのだが、易者が八丁堀の同心の家から出たり入ったりするのはいかにも怪《あや》しい。

それで、木挽町に易者としての長屋を借りているというわけである。

「お帰りなさい」

すっかり祖父の順斎の世話係みたいになっている中間《ちゅうげん》のごん太が、民斎を迎えた。

「変わったことはないかい？」

「ええ。でも大旦那さまはなんだかひどく警戒なさっています」

「警戒？」

「ええ。いろいろ糸を張りめぐらせて」

「ははあ」

細い糸を、家の周りに張り、近づいたものがいると、お爺《じい》のところで鈴が鳴るという仕掛けである。

本当は鈴が鳴るだけでなく、いろんなことも起きるらしいが、民斎はまだ見たことがない。

床《とこ》の間の床《ゆか》を上げ、地下室に降りた。

順斎は、茶を点《た》てて喫しているところだった。

「爺ちゃん。何してたんだい？」

「民斎、ここへ来るとき、怪しいのがうろうろしてなかったか？」

「とくに見なかったけど」

だいたいが八丁堀というのはきわめて治安のいいところなので、あまり警戒もしていない。

順斎は机にあの、水晶玉のようなものを載《の》せていた。

「拝《おが》んでるのかい？」

からかうように訊いた。

「そういうもんじゃないぞ、これは」

「だが、このあいだ、この玉に手を置いたとき、松浦静山さまが倒れている姿が頭に浮かんだんだぜ」

あれは自分でも信じられない。

鬼占いのときでも、あれほどはっきりした光景が思い浮かぶことはない。

「そういう力をこの石は呼び起こすのだろうな。だが、その力を受け止める側にも力がなければならぬ。なんでも同じよ」

「同じ？」

「ああ。どんな大事な報《しら》せでも、受け取る側に知識がなければ、耳の中を通り過ぎていくだけだろうが」

「じゃあ、おれにもそういう力があったってことか？」

「むろんだ。お前の類い稀《まれ》な力がな」

「…………」

自分にそんなものがあるとは、とても思えない。

剣の腕もかなり立つし、器量も相当なもの。だが、類い稀なんてほどではない。適当に秀《ひい》でていて劣等感を持つほどではないが、他人を瞠目《どうもく》させるほどではない。そんなに優れたところがあったら、女にももっともてるはずである。

なにげなく水晶玉を持ち上げた。

「重いな」

どんぶりを二つ合わせたくらいの大きさがあるから、かなり重くて当然だが、それにしても重い。

水晶などではなく、鉄かと思えるくらいである。

「この前より濁《にご》ってないか？」

と、民斎は水晶玉を眺めながら言った。

「そうかもしれぬ。だいたいが、この玉は澄んだり濁ったりするばかりか、筋が出たり消えたり、重くなったり軽くなったりもする」

「そんな馬鹿な。石だろうよ、これは」

ろうそくの明かりに透《す》かすようにした。

いくつもの筋が見え、そのうちの一本は表面に浮き出てきそうである。

民斎がそれを爪で引《ひ》っ掻《か》くようにすると、

「変なことはやめたほうがいいぞ」

順斎は怯《おび》えたように言った。

「なんで？」

「なにが起きるかわからんぞ、それは」

「まさか爆発はしないだろう」

「いや、わからんぞ」

慌《あわ》てて袱紗《ふくさ》の上にもどした。

「変なものを預かったもんだな。松浦家に返したほうがいいんじゃないか」

「馬鹿を言え。もともとこれは当家の宝なんだ」

「ふうん」

「お前が持って帰ってもいいのだぞ。そのかわり、家に着く前に誰かが襲って来るだろうがな」

ちらりと持ち帰ろうかと思ったが、わざわざ面倒ごとをつくる必要はない。

このあと、順斎と将棋を二番つきあいながら夕飯を食べ、木挽町の長屋にもどった。

三

民斎は五日ほど、平田源三郎とともに高輪の大木戸《おおきど》界隈《かいわい》に張りついていた。むろん、嫌々である。

なんでも昔取り逃がした、宵待《よいま》ち八兵衛《はちべえ》という泥棒が上方《かみがた》から舞い戻ったとの密告があったらしい。

「大物だ」

と平田は言ったが、同心たちの噂《うわさ》はちょっと違う。

かんたんに捕まえられたのを、平田が刀を振り回したため、必死になって逃げてしまったらしい。押し込みなどをしても、けっして怪我《けが》人などは出さない、わりと性質のいい泥棒だったらしい。

「おれが斬《き》りつけた傷は、いまだに肩から背中にかけて残っているはずだ」

「だったら湯屋でも探ったほうが」

「馬鹿。警戒してしばらく湯になんざ入らねえよ」

平田は偉そうに言った。

そんなことがあったため、おくめのことも気になりつつ、霊岸島のほうにはなかなか来ることができずにいた。

結局、それらしい男は影もかたちもなく、

「どうも江戸に入ったのは、ひと月くらい前だったらしい」

という話を聞き込んで、諦《あきら》めるに至った。

気になっていた霊岸島の湊橋たもとに五日ぶりで来てみると——。

「あたし、若旦那のお嫁になっちゃおうかなあ」

と、風向きが変わっている。

「え、まさか、身体を？」

思わず胸元あたりを見た。

「してないよ。やあね」

おくめはふくれた。

「相手にしてなかったんじゃないのか？」

「あたしもずっとなんの興味もなかったんだけど……」

「なんかあったのかい？」

「あの若旦那、三日前の夕方、懐《ふところ》に短刀《ドス》を隠していたんですよ」

「短刀を？」

それは穏やかではない。

「しかも、どこかに行ってもどって来たとき、その短刀の柄《つか》のところに血がついていたんです」

「あ、そりゃ駄目だよ、おくめちゃん。誰かここらの岡っ引きにでも相談したほうがいいぜ」

「ええ。あたしもそう思ったんです。それに、例の貧乏で怒りっぽい職人のほうなんだけど」

「甲七だろ」

「ええ。じつは、その甲七さんが十手《じって》を持っているのを見たんです」

「十手を？」

「もしかしたら、甲七さんは職人じゃなく、岡っ引きの親分なのかもしれません」

「そうだったのか」

職人というのも嘘《うそ》ではなく、岡っ引きなどというのはろくに稼ぎもないので、下っ引き時代の仕事をつづけているのかもしれない。居職《いじょく》の仕事だったらできなくもないだろう。

「それで、甲七の株がぐっと上がったのかい？」

「はい。とっても素敵に見えて。でも、それだけってことではないんです」

「え？」

「若旦那にもなにか切羽《せっぱ》詰まった事情があって、犯したくない罪を犯していたとしたら、可哀相《かわいそう》じゃないですか」

目にうっとりしたような光を宿している。

「なになに、若旦那の株まで上がっちまったのか？」

「まあ、そういうことになりますか」

まるで悪びれていない。

「驚いたなあ」

若い娘の考えることはやっぱりわからない。

危ないことになりそうだから近づきたくない、というならわかるが、興味が好意に変わってしまったらしい。

「若旦那だけじゃなく、甲七さんのほうも株が上がったため……」

「迷いの度合いは高まってきちゃったってわけ」

おくめは嬉《うれ》しそうに肩をすくめた。

かたや見かけはパッとしないが、優しそうな大店の若旦那。だが、若旦那はなにか悪事にからんでいるらしい。

もう一方は、貧乏で怒りっぽいが、じつは岡っ引き。

「甲七ってのは、どこに住んでるんだ？」

「どこかはよくわかりません。近くの長屋だって言ってました」

「来たら教えてくれ」

「甲七さんは、昼間は顔を見せませんよ」

「そうなのか」

今日は夕方まではここに座るつもりだが、それ以降はわからない。今日のようないい天気の日は、皆、けっこう元気になっているから、占ってもらおうなんて客も少ないのだ。

客が多いのは、降るか降らないかわからないような、どんよりとした曇りの日。そういう日は、民斎も長屋で寝ていたい。

それにしても、おくめのこの店も、あまり流行《はや》っていそうもない。

鼻緒を並べて売っているが、数は少ないし、たいしていい柄もない。たまたまこの前で下駄の鼻緒が切れた者以外は、買いに来る奴もいないのではないか。

「そういえば、叔父さんには相談してないのか？」

「いちおう、した」

「なんて言った？」

「そりゃあ叔父さんにしたら、若旦那のほうがいいに決まってるよ。岡っ引きなんざ、表面は皆、ぺこぺこするけれど、腹の底じゃ、早く死ねと思ってるって。同心だったりしたら、なおさら恨まれているって」

「あ、そう」

そこまで思われるとは心外である。これでも、町人のためには命だって張らなきゃならないときもあるのだ。

「叔父さんはいないのか？」

「いまは二階で寝てるよ。怠《なま》けもので弱っちゃうよ」

さすがに声を低めて言った。

夕方、若旦那の顔をちらりと見た。

なんとなく憂鬱《ゆううつ》そうで、おくめにもひと言ふた言声をかけただけだった。

甲七のほうとは結局会えないまま、引き上げることにした。

民斎は、この日も八丁堀の役宅に立ち寄った。

「爺ちゃん、あれからどうだい？」

「見張られてはいるが、近づいては来ない。わしの仕掛けに怯えているんだろうな」

「そうかな」

信じられない。

だが、順斎は机の上に短筒《たんづつ》や、妙な筒を並べている。武器かと思うと、なにやら恐ろしそうではある。

例の玉も出ている。

色はこのあいだよりさらに白く濁り、糸のような筋も表面ぎりぎりのところまで浮かんでいる。

「一晩だけ持って帰ろうかな」

一晩中抱いて寝ると、面白い夢でも見るかもしれない。

「ああ、いいとも。本当はお前のものなんだから」

順斎も警戒するのに飽きてきたらしい。

風呂敷にくるみ、腹のところで縛りつけた。重すぎて、たもとには入れられないし、ぶら下げて歩くと、どこかにぶつけて傷をつけそうである。

外に出ると、すでに陽は落ちていた。

提灯《ちょうちん》は使わず、易者の恰好のまま八丁堀を抜け、中《なか》ノ橋《はし》を渡って、南八丁堀河岸《がし》沿いの道を歩いていたときである。

「ほっほっほう」

真上でふくろうの福一郎が鳴いた。

——ん？

危機を報せるときの鳴き方である。

前から歩いてきた町人が、いきなり短刀《ドス》で突いてきた。

「おっと危ねえ」

くるりと回るようにしながら短刀の刃先をかわし、右手に持っていた占いに使う小机を相手に叩《たた》きつけるようにした。

だが、相手は大きく後ろに飛んだ。

ほんとに襲われた。順斎の警戒は気のせいなどではなかったのだ。

男はかがみ込むようにしながら、短刀を振り回してきた。

こんな下のほうから攻められるのは初めてである。

だが、そう思ったら、今度は大きく飛んで、足で民斎の顔を蹴ってきた。

「うぉお」

のけぞってかわすのに思わず声が出た。

恐ろしく身軽な動きである。忍者なのか。

同心の一人に、伊賀者《いがもの》の縁者がいて、伊賀流忍びの術を見せてもらったことがある。あれとはまるで違った動きのような気がする。

短刀を持った腕が、鞭《むち》のようにしなりながら斬りつけてくる。なんだか曲芸師のような技であり、同時に異国の匂いもした。めまぐるしく鬱陶《うっとう》しい攻撃である。

民斎は脇差を差しているが、両手が占いの道具でふさがっている。これはこれで、いちおう武器にはなるのだ。

圧倒されるように、河岸を降りた。

このまま川縁《かわべり》まで下って、突き落とされたりするとまずい。仰向《あおむ》けになったところをぐさりとやられるだろう。

そのとき、意外な助けが入った。

川のほうから小舟が寄って来て、船頭が竿《さお》をどんと突き出したのだ。

これが見事に相手の腹を突き、よろけたところを民斎が小机の角で首筋を撃《う》った。

男はがっくりと崩れ落ちた。

「かたじけない」

と顔を見れば、年寄り臭い笑顔。

雙星万四郎《ふたぼしまんしろう》だった。

「そなたか」

「それを持っていると、狙われるのです」

民斎は風呂敷包みを見た。

すこしだけ水晶の輝きが見えている。

「誰だろう？」

「こいつは波乗《なみのり》一族だと思うのですが、静山さまはほかにも狙っているのがいるとおっしゃっていましたので」

「…………」

またわけがわからない話になった。

「この男はわたしが始末しておきます」

雙星万四郎はそう言って、気絶した男を舟に移した。

「できるだけ遠くに流してくれよ」

と、民斎は言った。

ここらに流れ着くと、自分で下手人を調べることになりかねない。

「やはりそれは、順斎どののところに置いておいたほうがよろしいのでは。あそこは民斎どのが思っているより、ずっと強固な砦《とりで》になってますから」

「ああ、そうするよ」

民斎がそう言ってもどりかけたときである。

――ん？

大地がぐらりと揺れた。

「地震か」

「そのようですな」

大きい地震である。

河岸の斜めになったところにいると、転《ころ》がり落ちそうになる。

界隈《かいわい》の家々で恐怖の声が上がり、次々に人が出てきた。

「火を出すなよ！」

民斎は叫んだ。

こういうとき、隠密同心は巷《ちまた》の動揺を抑《おさ》え、暴動などが発生しないよう見回ることが仕事になる。

一回りしようかと歩き出したとき、地震は収まった。

「大丈夫みたいですな」

「ああ。わしは爺ちゃんのところにもどるよ」

そう言って、役宅に引き返した。

順斎は、棚から落ちたおかしなものを元にもどしているところだった。

「地震は大丈夫だったかい？」

「なあに、どうってことはない」

「やっぱり襲われたよ」

「だから言っただろうが」

「ここに置いといてもらったほうがいいみたいだ」

「そうしろ」

懐から玉を取り出し、元の袱紗の上に置いたとき、

「あれ？」

首をかしげた。

「どうした？」

「これは……」

さっきより玉全体が透明になり、浮き出てきそうだった筋が無くなっていた。

四

木挽町の長屋にもどって、民斎はいろいろ考えてみた。

八丁堀の役宅には一人だけ見張りがいて、こっちが動いたら奪おうとしてきたが、動かなければ攻めて来たりするつもりもなかったのではないか。おそらく向こうも、こっちを怖《おそ》れているような気がする。

ということは——。

こっちもあの玉を、神社のご本尊みたいに飾っておくなら、向こうもだらだらと見張りをつづけるだけではないか。

そんな気がしてきたのだった。

翌日は——。

朝から湊橋のたもとに座っていると、昼近くになって〈信州屋〉の若旦那が出かけようとした。

若旦那はちらりとおくめのほうを見たが、立ち寄るそぶりはなく、そのまま小網町のほうへ行こうとするので、

「これこれ、そこな若者」

と、民斎は声をかけた。

「なんだよ、忙しいんだよ」

「悪い相が出てるぞ」

「あ、そう」

無視して行こうとするので、

「人を刺《さ》したりしておらぬよな?」

という問いを、投げかけてみた。

そのまま行ってしまうかとも思われたが、五、六歩進んでから急に振り向き、こっちへやって来た。

「いま、なんて言った?」

「あんた、悪い相が出てるぜ。短刀《ドス》で人を刺したような」

そう言って、天眼鏡《てんがんきょう》を向けた。

じっくり見れば見るほど、間の抜けたつらをしている。

「短刀で人を?」

若旦那の顔が強張《こわば》った。

「当たったみたいだな」

「馬鹿なことを言うな。ははあ、おくめちゃんになにか聞いたんだな」

「おくめ？　誰だ、それは？」

と、しらばっくれた。

「甲七って男を知ってるよな」

ここは逃がすまいと、民斎はつづけて訊いた。

「え、まあ」

宋太郎の目が泳いだ。動揺したのだ。

「敵《かたき》だろう？」

「誰の？」

「おめえのに決まってるだろうが。惚れた娘の恋敵だろ」

「そうかも」

と、顔を赤くした。

「わしは甲七から相談されたのだ。若旦那に脅されていて、どうしたらいいかわからないとな」

民斎がハッタリをかますと、

「甲七から？」

若旦那はじいっと民斎を見ると、変なふうに顔を歪《ゆが》め、いきなり踵《きびす》を返すと、走るようにいなくなってしまった。

「いま、見てたかい？」

と、民斎はおくめの店に行った。

「ええ。なにか話してましたよね」

「若旦那を脅してみたのさ。短刀《ドス》で人を刺しただろうって」

「なんて言ってました？」

「もちろんしらばくれたさ」

「そりゃそうですよね」

「甲七の名前も出してみたら、やけに焦ってたぜ」

「へえ」

「ところで、気になったのだが、若旦那が短刀を隠しているのを見たのと、甲七が十手を持っているのを見たのは、どっちが先なんだ？」

「ええと、まず宋太郎さんが短刀を持ってるのを見たでしょう。それから、甲七さんが暗くなってから来たの。それで、しばらくして若旦那がもどって来て、そのとき血を見たのかな」

「そのあと、甲七を見たかい？」

「いいえ。そういえば、この数日は来てないですよ」

「ふうむ」

なにか嫌な予感がしてきた。


途中の惣菜屋《そうざい》で晩飯のおかずを買い、長屋の近くまで来たところで、

「あら、民斎さん」

「これはどうも、おみずさん」

会いたくなかったが、かりにも亀吉の母親である。そう邪険にはできない。

「そんなの侘《わび》しく食べてないで、うちのお店に来て」

おみずは、民斎が手に下げた包みを指差した。

「いや、ここんとこ忙しいんですよ」

「駄目よ、仕事ばっかりしてちゃ。男ってのは適当に息抜きをしないと、ろくな仕事ができなくなるの」

「それはわかる気がしますよ」

だからといって〈ちぶさ〉で飲む気はしない。

「ああ、あたし退屈でさ」

「退屈？」

毎晩、大勢の男たちと酒を飲んで話をしていて、退屈もないものである。日がな一日、客の来ない易者の気持ちを味わってもらいたい。

「面白い男が少なくなったわね」

「どういうのが？」

「お天の父親は面白い人よ」

「面白いって亡くなったんでしょ」

「誰が死んだって言った？」

そういえば、ちゃんとは聞いていない。死んだと思っていたのはこのおみずのほうで、五年付き合った男と別れてこっちに出てきたのだと、聞いたのはそこまでだった。

「でも、おみずさんは別れたんでしょう？」

「だって、学問ばっかりに夢中だったんだもの。あたしもほかに男つくって家を出てから、ずいぶん後悔もしたのよ」

「だったら、もう、おとなしくして」

　できれば尼になって寺に入るのを勧めたい。

「そんなのは無理よ。女には女の性《さが》ってのがあるんだから」

「女の性……」

　おみずが言うと、性がとぐろを巻いているみたいに感じられる。

「だから、ね、ね」

「いや、それは」

　慌てて逃げ出した。


　夜中――。

「ほほう、ほほう」

　という福一郎の鳴き声で目を覚ました。

　危険を告げるというほど切羽詰まってはいない。

　だが、なにかを伝えようとしている。

　寝ているのは、八丁堀ではなく木挽町の長屋である。ここには鬼堂家の秘宝などというのはなにもない。

だから、波乗一族が襲ってくるはずもない。

それでも福一郎の声は気になる。

布団《ふとん》を出て、刀を差し、そっと心張棒《しんばりぼう》を外した。

戸を開けて外へ出る。

まだ、真っ暗である。

誰もいない。

だが、福一郎はいったん民斎の肩に降り、それから路地を抜けて外の道のほうへと飛んだ。

民斎も路地を抜ける。

やはり誰も見当たらない。

かすかに聞こえるのは、近くを流れる三十間堀を行く舟の櫓《ろ》の音くらいである。

——ん？

ふと、女の残り香を感じた。

まさか、おみずが夜這《よば》いにでも来た？

このままあの色香に押し切られたら、ろくなことにはならない。

「ちっ」

と、民斎は舌打ちした。

五

翌朝——。

じつは、〈信州屋〉の若旦那が刺したのは、甲七ではないか——おくめには言えなかったが、民斎は昨日から、その疑惑に囚《とら》われている。

そこで、あの近くに甲七という岡っ引きがいるか、たしかめることにした。

霊岸島一帯は、昔かららっきょの弥蔵《やぞう》という岡っ引きが縄張りにしている。

頭のかたちがらっきょに似ているのではなく、いつもらっきょを舐《な》めていることからついた綽名《あだな》である。

その弥蔵はもうだいぶ歳がいって、じっさいは三人の息子がそれぞれ十手を預かり、弥蔵を手伝っているはずだった。

霊岸島の新川沿いにある家を訪ねた。

「よう、弥蔵」

「これは鬼堂の旦那」

弥蔵くらいの歳の岡っ引きには、どうしても顔を覚えられてしまっている。

弥蔵はすでに七十近いが、まだまだ元気そうだし、今日もらっきょを口にふくんでいた。

「霊岸島に甲七っていう十手持ちはいるかい?」

「甲七?」

「息子じゃねえよな?」

「違いますね。うちのは金蔵《きんぞう》、銀蔵《ぎんぞう》ときて、竜蔵《たつぞう》なんでね、間違いってこともねえでしょう。そんなのが十手を持ってるんですか?」

「という話を聞いたんだがな」

十手が贋物だったかもしれない。

どうもわからなくなってきた。

「ただ、ここんとこ、新川あたりに押し込みがあるかもしれないというので、与力の平田さまがずいぶんよその岡っ引きを動かしているそうですぜ。そっちじゃねえですか」

「平田さんがな」

あまり会いたくないが、平田に訊かないとしょうがない。

南町奉行所に顔を出した。

「甲七？」

「霊岸島で動かしたりしてないですか？」

「何人か動かしているけど、そんな名前の岡っ引きは知らねえな。なんかあったのか？」

「ええ、じつは……」

言いたくはないが、ざっと説明した。

「がきがちらりと見ただけの話だろ。すりこぎかなんかと間違えたんだよ」

と、鼻でせせら笑い、

「そんなことより、どこかにいい女でもいねえかな」

いきなり下卑《げび》た話になった。

「いつもいい女と付き合ってるじゃないですか」

民斎はムッとして言った。本当にそうなのである。いつも平田にはどう見ても勿体《もったい》ない、器量も性格もよさそうな女を連れて歩いているのだ。

「それがさ、飽きるんだよな。どんないい女でも」

「飽きる？」

ここが外の暗がりだったら、思わず後ろから斬りつけたかもしれない。

「どんなうまいものでも、毎日食うと飽きるだろ。それといっしょなんだろうな」

「それは、いい女と付き合うからですよ」

と、民斎は言った。ある案が、ふっと頭をかすめたのである。

「どういうことだ?」

「悪女と付き合えばいいんです。悪女というのは、次から次に面倒ごとを起こしたりするので、飽きるどころじゃなくなりますよ」

「なるほど。そうなんだよ。なぜかおれに惚れる娘は、皆、気立てがいいんだよ」

それは気立てがよくなかったら、こんな奴とは付き合う気になれないからである。

不思議なのは、滅多にいない気立てのいい娘と、こいつが出会ってしまうということなのだ。いったい、どこまで運にめぐまれているのか。

「いますよ、悪女」

「いるか」

「大年増《おおどしま》の美人じゃ駄目ですか?」

「駄目じゃねえよ」

「だったらいい女を紹介しますよ」

「ほう。どこにいる？」

「飲み屋です。〈ちぶさ〉って言いましてね」

「いい名前だな」

平田は大真面目な顔で言った。

こんな名前の店を怪しげだとは思わないのだろうか。こいつは味覚や嗅覚はもとより、聴覚もずいぶん無茶苦茶らしい。

民斎なら、もし亀吉の母親と知らなかったら、そんな名前の店にはぜったい入らない。

「いいですかね」

「女はいくつだって？」

「四十二、三だとか」

「ああ、そこらの歳ごろもいいんだ。美人がそれくらいの歳になって、酸《す》いや甘いが身体に溜《た》まってくると、堪《こた》えられねえ」

とても自分と同じ歳の男の感想とは思えない。

平田の心根と比べたら、自分はまだ少年のようだと思える。

平田に場所を教えてやった。

「じゃあ、今晩にでも行ってみるよ」

これでおみずが平田と付き合ってくれたら、民斎はばん万歳である。

奉行所内でほかの与力にもつかまって、近況をあれこれ報告したため、霊岸島に来たのは夕方近くになってしまった。

「あ、民斎さん」

おくめが店から外に出て来た。

「どうした、なにかあったのか？」

「昨夜、ひさしぶりに甲七さんが来ましたよ」

「え？　死んでなかったのか？」

「甲七さんが？　とんでもない。元気そうでしたよ」

「そうだったのか」

てっきり若旦那が甲七を刺したのかと思ったのだ。

殺しまではしなかったかもしれないが、いまごろは怪我で動けないのだろうと。

では、若旦那が刺したのは誰だったのか。

「あたし、甲七さんの嫁になってもいいかもって思ったんですよ」

「ほんとかよ」

若旦那の株も上がってはいたが、迷ったあげく、とうとうそこまでになったらしい。

「だって、貧乏だけど、世のため人のため、この悪に立ち向かっているって、いいじゃないですか」

民斎もそうなのだが。

「でも、甲七については、ちっとわからねえことがあるんだ」

ここらは説明が難しい。

自分は町方の同心で、奉行所でたしかめてきたとは言えないのである。

「わしの友だちに岡っ引きがいてな、そいつに訊いてみたんだが、甲七なんていう岡っ引きはいないらしいぞ」

「え？」

「おそらく、そいつは贋者《にせもの》だというんだ。岡っ引きになりすましていたりすると、罪は重いぞ」

「まあ。甲七さん、どうなるんだろう？」

おくめはひどく不安げな顔をした。

六

翌朝は、まず奉行所に顔を出した。平田に昨夜どうなったか、訊きたかったからである。願わくばおみずと結ばれていて欲しい。

ところが、平田は民斎の顔を見るや、

「まったく、もう」

と、ひどく機嫌が悪い。

「どうかしたんですか?」

「なんかすごく感じが悪かったぞ、あの女」

「〈ちぶさ〉の女将《おかみ》がですか」

「ああ。昨夜、さっそく行ってみたんだがな」

「もてましたか?」

「なんか、おれの口が臭いとか言いやがるんだ。鼻がおかしいんじゃねえか」

「…………」

いや、おかしくはない。

ただ、それを初対面の町方の与力に言えるとは、おみずという人は意外に只者《ただもの》ではないのかもしれない。

「いい歯磨きがあるから、裏の井戸のところで磨いて来いとか言いやがって。歯磨きするために飲み屋に来たんじゃねえぞって文句言って、すぐに出て来たよ」

「そうですか」

「たしかに美人だし、乳も立派そうだったけど、あんな鼻のおかしな大年増はいいや」


つづいて、お濠《ほり》から水辺づたいに霊岸島の湊橋のたもとまでやって来た。

江戸の水辺の風景というのは、じつにいいものである。とくに初夏のいまどきは、川風が爽《さわ》やかで、舟の行き来をぼんやり眺めながら、いつまでも吹かれていたい。

おくめは今日も、店先にちょこんと座っていた。

「よう、おくめちゃん」

「あら、民斎さん」

「今日、朝から鼻緒が二本売れましたよ」

「ここ、場所は悪くないんですよね。品ぞろえをもっとよくして、目立つ看板を上げればもっと流行ると思うんだけど」

どうやら商売っけも出てきたらしい。

「仕入れもやればいいじゃないか」

「そうですね。あたし、見る目はあると思うんですよ」

「芝居が好きだと、そっちの見る目も育つんだよな」

「そうですよ」

民斎も芝居好きである。

ほんとは易者より、役者に化けて隠密同心になりたかったくらいである。

芝居もわりに見ている。

「煙管《キセル》の雨が降るようだ」

と、声色をやってみせた。助六《すけろく》の台詞《せりふ》である。

「あ、団十郎《だんじゅうろう》」

「わかるかい」

「ええ。でも、あたしは、いわゆる二枚目は好きじゃないんです」

「凄《すご》いね」

「女はたいがい、団十郎だ、幸四郎《こうしろう》だって騒いでいるじゃないか」

「だいたいお金がかかるから、三座の芝居なんかなかなか見られませんよ。あたしが見るのは、小芝居とか宮芝居なんです」

「あんなところにもいい役者はいるかい？」

「いますよ。それと、いい作者もいます」

「作者？」

「本所《ほんじょ》の縁日のときに出る芝居に、木村座《きむら》っていう小芝居の一座があるんです。ここの台本を書いているのが、明石十郎兵衛《あかしじゅうろべえ》って、けっこう歳のいった人なんですが、無茶苦茶面白いんです。もともと尾張町あたりの大店のあるじだったのが、隠居してから戯作《げさく》を始めたらしいんです」

「へえ」

「あの人がこの前書いたのが、『桃太郎犬猿雉《ももたろういぬさるきじ》の裏切《うらぎ》り』って芝居で、きびだんごでつられなくなった家来をどうやって鬼退治に引っ張り出すかって話なんです」

「面白かったんだ？」

「もう、とんでもなく！　あの作者はそのうち三座の芝居も書くと思いますよ」

おくめはなかなかの通である。

「じゃあ、そういう役者だの作者に惚れられたら？」

「そりゃあ、嬉しいですよ。でも、あの人たち、ご飯食べてくのに大変で、たいがい実入りのいい、手に職がある女を嫁にするんです」

「ああ、そうらしいな」

木挽町の近所にも、そういう夫婦がいる。売れない役者と、髪結いの女房。

「だから、あたしなんかは相手にされませんよ」

つまらなそうに言った。

七

おくめと話していて、民斎はふと思った。

──もしもおくめみたいな娘を口説こうと思ったら、自分は芝居っけのある人生を歩んでいると思わせるのが、いい方法なのではないか。

たとえば、脛《すね》に傷がある人生だったり、誰かに追われていたり。

おくめはそういう男に興味を持ち、あたしもかばってやりたいとか思ったりするのではないか。

町の不良がけっこう女にもてたりするのも、そういうところから来ている気がする。

信州屋の若旦那も、芝居のことは知っているみたいだった。

するとおくめの気質にも気づいて、自分の人生にありもしない影をつけてみてはどうかと思ったのではないか。

「なあ、おくめちゃん」

「なんです？」

「そこの若旦那だけど、ふつうにしてたらあんまり魅力はなかったよな」

「そうですね。いいところの坊ちゃんですからね。苦労もないし」

「でも、短刀《ドス》を隠していたのを見たら、見る目が変わったんだよな」

「ええ。あの人にもこういう危なっかしいところがあるんだって思ったら、若旦那も見かけによらないなって」

「それが芝居だったら？」

「芝居？」

「そう。若旦那は単に恰好をつけてみただけ」

「そんな……」

「甲七ってのは、ほんとにいるのかい？」

「ほんとにいる？」

「甲七って岡っ引きがいないどころか、そういう人間すらいないんじゃねえのか？」

「じゃあ、あたしが見たのは？」

「若旦那が化けた甲七」

「………」

おくめはしばし呆然としていたが、

「あ、そういえば」

「どうした？」

「甲七さんて、夜しか来ないんですが、いつも手ぬぐいで頬かむりしてるんです。それで、太い眉と、への字になった口だけが目立つんですが……」

「それは変装の基本だぜ。とくに目立つところをつくって、ほかに目がいかないようにするのさ」

民斎もたまに易者以外に化けることがある。

そのときは、かならず眉のかたちを変えて、くっきりと描くようにする。眉というのは顔の中でもけっこう目立つ造作なのだ。

「言われてみると、若旦那と甲七さんは似てたかも」

「だろう」

「なんでそんなことを？」

「だから、真面目に口説いても色よい返事をくれない娘に、芝居好きというところを見込んで、あらたに気を引こうとしたのさ。居《い》もしない人間を刺したって、調べられても罪にはならねえし。若旦那、なかなか賢《かしこ》いぜ」

「まあ」

一人二役で、お互いの魅力を格上げさせるというかなりの大技である。

どっちに惚れてくれても、しょせんは同じ人間なのだ。

いずれ正体はばれるが、そのときはすでにおくめの気持ちを摑んでしまっている。驚きこそすれ、結局、許してくれると踏んだのだろう。

だが、短刀《ドス》に罔っ引きというのは、ちょっとやり過ぎかもしれない。

おくめがどう思うか、微妙なところという気がする。

ちょうどそのとき、信州屋から若旦那がやって来た。

民斎とおくめがいつまでも話し込んでいるので、気になったのだろう。

「よう、一人二役！」

民斎はからかうように言った。

「え？」

「とぼけたって駄目だ。若旦那の芝居は見破ったぜ」

「そんな……」

落胆がにじみ出た。

「甲七さんも若旦那だったんでしょ」

おくめがなじるように言った。

「そ、それは……」

「ひどいよ、若旦那」

「すまねえ。許しておくれよ」

若旦那はいたたまれなくなったらしく、すごすごと店にもどって行った。

「まあ、これで物騒なことはなかったってわけで、よかったな」

民斎はおくめに言った。

じっさい、あの若旦那の殺しを疑ったのである。大店の若旦那の、岡っ引き殺し。瓦版《かわらばん》あたりが書き立てそうな、大事件だって疑われたのだった。

「そうですね」

おくめも一時の怒りはすぐに消えたらしい。

もともと度量も大きい、寛大な性格なのだろう。

「ところで、甲七に決めたとか、叔父さんには話をしてなかったのか？」

「いや、しましたけど」

「心配しただろうよ」

「そうでもなかったみたいです」

「そうなの？」

こんなかわいい姪《めい》っ子を持ちながら、ずいぶん薄情ではないか。

「もしかしたら、叔父さんも見破っていたのかも。甲七さんの後をつけてみるとか言ってたから」

もし、そうしていたら、若旦那の策にも気がついただろう。

そして、そこまでするくらいなら、若旦那の思いも本物であると、安心したかもしれない。

おくめは、あの大店に嫁入りするかもしれない。

叔父さんもさぞや喜んだはずである。

だが、それにしてはもうちょっと顔を見せてもいいのではないか。

「叔父さんは、もともとここらの人かい？」

「いえ。ひと月くらい前、上方から帰って来たんです」

「ふうん」

つい最近、似たような話を聞いた気がする。

「名前は？」

「八兵衛って言います」

「八兵衛……」

五日間、高輪あたりで張り込みをしたのは、宵待ち八兵衛を捕まえるためだった。

「なにか？」

「まさか、背中に刀傷なんかねえよな」

「よく、ご存じですね。昔はけっこうやんちゃだったみたいで」

奥でがたごとと音がした。

「あ、叔父さん、いるのか？」

「はい」

「この家に裏口は？」

「ありますよ」

「すまん」

民斎は雪駄《せった》のまま飛び込んだ。

裏口が開いていて、帯が解《ほど》けたのを引きずりながら、逃げて行く男が見えた。

「待て。宵待ち八兵衛！」

民斎はこれを走って追いかけ、苦もなく捕まえた。

八

宵待ち八兵衛が、おくめの叔父であることは、嘘ではなかった。

ただ、血のつながりはなかった。

八兵衛の押し込みは、まず、狙った店の近くに店などを借り、手代の数だの夜の出入りだのをじっくり見張るところから始めるのだった。

今度も、そば問屋の大店である〈信州屋〉に目をつけ、真ん前の空き家を借りて、見張りを開始した。

ただ、八兵衛は顔を知られてしまった悪党で、おおっぴらに店先に座るわけにはいかない。そこで、姪っ子を店番にして、自分はその後ろだの二階から、信州屋を見ていたのだった。

ところが、信州屋の若旦那が姪っ子に本気で惚れ、嫁になってくれと口説き出したのである。

若旦那はおくめがなかなかなびかないので、変わった策を用いて気を引こうとした。

八兵衛は、甲七とやらの後をつけ、若旦那の思惑も見破っていた。

姪が嫁になれば、危ない思いをして押し込みをしなくても、いつだって盗みに入ることができる。

それで、この数日はすっかり安心し、おくめをそそのかしたりして暮らしたのだった。

だが、八兵衛は捕縛された。

おくめは姪であり、下手《へた》をしたら連座ということもあり得る立場である。

だが、おくめは悪事についてはいっさい知らなかったし、むしろ被害者であると、民斎が証言してやったため、罪をかぶることはなくなった。

捕縛から数日後——。

「すまなかったな」

と、民斎はおくめに詫《わ》びた。

「なにがです？」

「唯一《ゆいいつ》の叔父さんを捕まえてしまったな」

「民斎さんのせいじゃないですよ」

おくめはさっぱりした口ぶりで言った。

「ここはどうするんだ？」

民斎は心配して訊いた。

おくめは今日も店先に座っていた。

「このまま借りつづけて、商売でもしようかなって思ってるんです」

「店賃は大丈夫なのかい？」

「ええ。両親が残してくれたほうの家を人に貸して、その分でこっちを払えば同じでしょ」

どうやらおくめは、食っていくということでは、それほど切羽詰まってはいないらしい。

「とすると、若旦那の悩ましい日々はまだつづくわけだ」

民斎はにやりと笑って、前の信州屋を見た。

若旦那がちらりちらりとこっちをのぞいている。

「民斎さん。占ってくださいよ」

と、おくめは言った。

「なにを?」

「あたしと若旦那がいったいどうなるのかです。百文出してもいいですから」

「そりゃあやめたほうがいい」

「どうしてですか?」

「つまらねえだろう。わかっちゃったら」

民斎は本気でそう言った。

男女の仲なんてのは、どうなるかわからないから面白いのである。

それは芝居の面白さといっしょだろう。

「それもそうですね」

「じゃあ、またな。おくめちゃん」

民斎は別れを告げながら、内心でにやりとした。

女があの人とのことを占ってくれと言ったときは、気持ちはもう、半分以上落ちているのだ。
占いで気持ちの後押しをしてもらいたいだけなのだ。
民斎は、あとでそっと若旦那に囁《ささや》いてやるつもりだった。
「目はあるぜ。頑張りなよ」と。

死を呼ぶ天ぷら

一

この数日、どうも奉行所の雰囲気がおかしい。

最初に変だと思ったのは、定町廻《じょうまちまわ》り同心の犬塚伸五郎《いぬづかしんごろう》の態度。なんとなくよそよしいのである。

犬塚は気さくな男で、町廻りをして気がついたことなど、すぐに民斎に教えてくれる。どこどこの河岸《かし》に怪《あや》しげな連中がいただの、お船手方《ふなてかた》がどこどこに出ていただの、それは民斎の手柄につながりそうなことである。

むろん、民斎も犬塚のためになりそうなことはほかの同心より先に教えてやる。

犬塚も民斎も、直属の上司は平田である。

そのため、平田の悪口などもさんざん言い合ってきた。

その犬塚が、どうも民斎を避《さ》けるようにするのだ。

――もしかしたら、宵待ち八兵衛をおれが捕まえたからか。

とも思った。

通常、隠密《おんみつ》同心は下手人を特定したところで、定町廻りの同心や与力に伝え、自分では捕縛に動かない。

だが、あの場合は民斎が捕まえなければ、逃げられてしまったのだ。

犬塚だけではない。吟味方同心の猿田《さるた》、雉岡《きじおか》も変だった。

話しかけても、忙しいふりを装《よそお》って、さっさと離れてしまうのである。

そして、平田まで、

「ううむ」

と唸《うな》り、民斎を睨《にら》みつけてきた。

「なんですか？」

「なんでもない」

嫌《いや》な感じである。

ある種の苛《いじ》めかもしれない。

奉行所みたいな、仲間うちで閉ざされたような職場だと、けっこうこういう苛めが起きたりする。

何年かに一度は、耐えられなくなって死んでしまう奴も出たりする。

世の中の苛めを防がなければならない奉行所で、こんなくだらない苛めをしてどうするのかと思う。

もっとも、人間には、はみ出し気味の異分子を苛めるという本能が備わっているのかもしれない。こういうことは、動物とか虫がやりそうである。

だが、民斎はそんなことを気にするほど、やわな神経ではない。

――ばあか。こっちが相手にするもんか。

内心でののしった。

民斎は、いざとなれば、易者で食っていけるという自信がある。ふくろうの福一郎を看板みたいにして本腰を入れれば、いまよりさらに三倍は儲《もう》かるはずである。二足のわらじでなくなるのは寂《さび》しいが、そのときは易者をしながら小芝居あたりで役者をやればいいだろう。

二

ちょっと蒸《む》してきたので、今日は鉄砲洲稲荷《てっぽうずいなり》のわきに座ることにした。

ここはいいところなのである。

亀島川と、八丁堀の二つの運河が、大川に流れ込むところで、水がたっぷりある。さらに鉄砲洲稲荷の境内《けいだい》には木が生い茂り、なおかつ富士《ふじ》に見立てて山をつくった富士塚もある。

水の流れ、樹木、小さな山。これらが空気の流れをつくるらしく、ここらはいつも心地よい風が吹いているのだ。

そこで、暑くなりそうな日は、ここに来て座ることにしている。

この前は、半月ほど前に座った。

そのとき、愉快な客が相談しに来たのである。

「おれは寿司《すし》屋なんだがな、天ぷら屋になろうと思ってるんだ。うまくいくかどうか、観《み》てもらいてえ」

三十ちょっとくらいの男だった。

「寿司屋が流行《はや》らないから天ぷら屋って、ちっと天ぷら屋を舐《な》めてないか？」

と、民斎は諭《さと》した。

「寿司屋、流行ってるよ」

「だったらつづければいいだろうが」

「天ぷらのほうがいろいろと楽なんだよ。なんだよ、占わねえってのかよ」

男は不貞《ふて》た。

「それは商売だから占うさ」

と、民斎は筮竹《ぜいちく》を一本引かせて、八卦《はっけ》を見た。

「ふうむ」

ちょっと物騒な卦が出ていた。

気になったので、

「手相も見せてくれ」

「なんだよ、八卦だけじゃわからねえのかよ」

不満そうな男の手を取り、じっと眺《なが》めた。

生命線、運命線、商売運などをたしかめる。

線が微妙に入り混じる難しい手相である。

しばらく見入ってから、

「不思議なことにあんた、商売の才能はあるな」

と、民斎は言った。

「そりゃそうだ」

「新しい商売も、十中八、九はうまくいく。ただし、一か二くらい、凄《すご》く危ないことになる。こういうときは、わしならやらないな」

「へっ。十中八、九でうまくいくのにやらねえのかい。あんた、博奕《ばくち》はやったことないのかい？　賽《さい》でも花札でも」

「ああ、博奕はあまり好きではない」

というより、いちいち占いたくなるので、博奕を楽しめないのだ。

「おいらはやる。それで、十中八、九が勝つとわかっている博奕をやらなかったら馬鹿だろうよ」

男はそう言って去った。

その男の店は、座ったところから見える場所にあった。

鉄砲洲稲荷の前が、火除《ひよ》け地と言えるほどではないが、広場のようになっていて、その向かい方が男の店だった。

〈むらさき寿司〉

と、腰高障子《こしだかしょうじ》に書いてあった。

それがいまは、

〈天ぷらむらさき〉

と、書き替えてある。

やはり、十中八、九の成功を信じ、商売替えをしたらしい。

気になったので、店をのぞいてみることにした。

「ごめんよ」

と、開けようとしたが開かない。

——ん？

下を見ると、戸に釘《くぎ》が打ちつけられてあった。

「紀八《きはち》の知り合いかい？」

わきから声がかかった。隣の家のおやじである。

「ああ、ちょっとな」

「紀八は死んだぜ。五日ほど前に」

「死んだ？」

「辻斬《つじぎ》りにやられたんだよ。すぐそこの道で」

「なんてこった」

民斎は舌打ちした。

十のうち、一、二は危ないことというのはこれだったのだ。

近所の番屋を訪《たず》ねた。

「紀八の知り合いで易者をしている者なんだが、辻斬りにやられたんだってな」

「そうなんだよ」

白髪《しらが》頭の番太郎がうなずいた。

「ここらで辻斬りなんか珍しいな」

「珍しいなんてもんじゃねえ。あっしはもう五十年ここに住んでいるが、辻斬りなんかあったのは初めてだよ」

と、番太郎は不満そうに言った。

「町方も調べているんだろう？」

「いるけど駄目だね。来ていた同心も、ここらの岡っ引きも、惚《ぼ》け茄子《なす》ぞろいで、ありゃあ下手人は上がらないね」

番太郎は諦《あきら》めたように言った。

「紀八は寿司屋だったよな」

と、民斎は言った。

「ああ。寿司屋はあんなに流行っていたのに、なぜか天ぷら屋になったんだよ」

「ほんとに流行っていたのか？」

「紀八ってのは料理の天才みたいな奴だったよ。あいつの寿司を食べたいという客はいっぱいいたんだ。それが急に天ぷらだろう」

「あんたもなんで天ぷら屋なんて言い出したのか、知らないのかい？」

「知らないんだよ」

「それで殺されたかもしれないぜ」

「なんで天ぷら屋になると殺されるんだよ？」

「だって、天才みたいな料理人が天ぷら屋を始めたら、同業の者はおまんまの食い上げになるだろうよ。それで、辻斬りを装って、ばっさり」

と、刀を振る真似《まね》をした。

「どうかなあ」

番太郎は首をかしげた。

「駄目かな」

「だって、まだ流行るところまでは、いってなかったぜ。それに、ここらに天ぷら屋もないしな」

「そうか」

天ぷら屋の恨《うら》みの筋は消えた。

「寿司屋のころに、つけを貯《た》め込んでたなんて奴は？」

民斎はさらに言った。

「つけの貯め込みねえ。だいたいが、店のほうはまったく荒らされてなかったんだぜ。金目当てじゃなかったってことだろ」

「そうか」

民斎は後ろめたいのである。

なんか責任を感じるのである。

寿司屋を天ぷら屋にしたのが殺される理由だったら、やはりあのとき、なんとしても止めるべきだったのだ。

そういう卦は出ていたのに、つい甘く見てしまった。

「家族はいなかったよな？」

「ああ、独り者だったよ」

「友だちも少なそうだった」

「変わった奴だったからな。寝転《ねころ》がって、戯作《げさく》でも読むのがいちばんだと言ってたよ」

「やっぱり、紀八が天ぷら屋に商売替えしたのが鍵《かぎ》だよ」

「そうかな」

番太郎もだんだんその気になってきたらしい。

「寿司屋より天ぷら屋のほうがいいところって、なんかあるか？」

と、民斎は番太郎に訊《き》いた。

「天ぷらは生魚よりごまかしが利《き》くよな。多少鮮度が落ちても、油で揚《あ》げてしまえばいいんだから」

「それくらいのことで?」

「そうだよな。流行ってねえならともかく、どんどん魚ははけたんだから、鮮度を気にする必要もねえよな」

「魚臭いのより、油臭いほうが好きだったとか?」

「いや、聞いたことねえな。それより、紀八って奴は、腕は凄いがとにかくものぐさだった。仕入れとかも好きじゃないみたいだったよ」

「でも、天ぷらだって仕入れは要《い》るだろうよ」

「そうだよな」

番太郎は首をかしげた。

二人でいくら考えても、天ぷら屋にした理由がわからなかった。

三

翌日——。

民斎は紀八が殺されたという道を行ったり来たりしていた。

鉄砲洲本湊町《ほんみなとちょう》。

町奉行所の与力同心たちが多く住むいわゆる八丁堀は、堀を挟《はさ》んだ向こう側である。

この道は、与力同心が行き来することはないが、それにしてもすぐ近くであり、治安はいいはずである。

片側は、大きな大名屋敷が並んでいる。

上屋敷もあれば、下屋敷や蔵屋敷もある。

しかも、途中に辻番も出ていたりして、辻斬りが出るとは思えない。

「つまり、辻斬りではないのに、辻斬りに見せかけられたってことだよな」

今度は店の周囲をじっくり観た。

店の横が蜂須賀《はちすか》藩の下屋敷と隣接している。

塀《へい》と家の壁のあいだはちょうど両手を突っ張ることができるくらいである。

——ここを、手と脚を突っ張るようにすると登っていけるな。

と、民斎は思った。

薄暗くてよくわからなかったが、気をつけて見ると、塀や壁に足跡がいっぱいついている。

ここを上り下りしていた奴がいるのだ。

民斎もやってみた。たやすく塀を越えることができた。

すぐには降りず、ざっと庭を眺めた。

蜂須賀家はたしか二十五万石《ごく》くらいではなかったか。

下屋敷はここだけではなかったはずである。

広い庭で、このあたりはあまり手を入れず、山野のようになっている。

建物があるあたりは離れていて、人けもない。

降りても、塀ぎわの椿《つばき》の木を伝って、もどって来られそうである。

「えいっ」

と、飛び降りた。

足跡がいっぱいある。

最初は木の陰に隠れるようにしていたが、なんの物音もしないので、あたりを歩き回ることにした。

蕗《ふき》がいっぱい出ている。

よもぎもある。

――天ぷらにできるかな。

と、思った。

だが、蕗とかよもぎの天ぷらなんか食ったことがない。

さらに進むと、大きな池があった。

かなり深そうである。のぞき込むと、大きな鯉《こい》がうようよ泳いでいた。これだと鮒《ふな》もいっぱいいそうである。

――これも天ぷらにできるか。

もし、できるなら、ものぐさだったという紀八は、ここで材料が採れると、大喜びしたのではないか。

夕方、長屋にもどって、

「姐《ねえ》さんは、天ぷらを揚げたりはしねえよな」

と、亀吉に訊いた。最後の弟子が帰ったところだった。

「家じゃ揚げませんねえ。油が染《し》みつくし、危ないですし」

「そうだよな」

「食べたいんですか？」

頼めばつくってくれそうな顔で言った。

「そうじゃねえ。天ぷらにできる野草とか、魚のことが聞きたくてさ」

「うちのおっ母《か》さんは店でも出してますよ。あの人、意外に料理がうまいの」

「おみずさんがな」

訊きたいが、また誘われたりするのは避けたい。

「じつは、占いの客に天ぷら屋がいて、天ぷらのことを知っておきたいんだよ」

「民斎さんて、仕事熱心。ひたむきな性格なのね」

「うむ。わしは商売だけでなく、恋にもひたむきなんだがな」

「…………」

すこしだけ頬《ほお》が赤らんだように見えたのは、気のせいだろうか。

「おみずさんのところに付き合ってもらえないかね？」

「うん、いいわよ」

というわけで、尾張町の裏手にある〈ちぶさ〉に来た。

すでに、提灯《ちょうちん》に火が入っている。

その提灯の色が、毒々しいほどの桃色になり、しかも下のほうには紙を細く切ってつくったひらひらがいっぱいついている。

桃色のくらげという感じである。

意味はわからないが、なんかいやらしい。

亀吉も同じ思いだったらしく、

「やあね」

と、つぶやいた。

戸を開けると、酒と煙草《たばこ》の臭いが圧力を感じるくらいに流れ出てきた。もう、大勢の客が来ているのだ。たいした流行りようである。

おみずがすぐにこっちを見て、

「あら、二人いっしょ？」

と、嫌な顔をした。

「民斎さん一人で来てくれたらよかったのに」

「やあね、おっ母さん」

と、亀吉が怒った。

「このあいだ、民斎さんの知り合いって人が来たわよ」

「ええ。知り合いってほどでもないんですがね、向こうが勝手にそう思ってるんですよ。それで、いい飲み屋を知らないかと訊かれたので、ここを紹介したんです」

「南の与力だって言ってたけど」

「そうなんですよ」

「悪いけど、追い出しちゃった。あんなくさやの干物の化け物みたいな人、ほかのお客さんにも迷惑だし。悪かったかしら?」

「いや、わしはいいんです。ただ、あいつ、与力風を吹かして、くだらない意地悪をしなければいいんですが」

「あ、それは平気」

と、おみずはまるで気にしないという調子で言った。

「でも、あいつ、陰険ですよ」

「与力なんか怖くないわよ。あたし、南のお奉行さまと昔から友だちだから」

「え、そうなので?」

南町奉行は、矢部《やべ》駿河守《するがのかみ》である。

人望が厚く、巷《ちまた》の評判もいい、根岸肥前守《ねぎしひぜんのかみ》以来の名奉行と評判である。

むろん、民斎のような下《した》っ端《ぱ》の同心は、ほとんど口も利いたことはない。

その奉行と友だち？

「矢部さんとは昔、いろいろあってさ。ま、それは、な、い、しょ」

と、片目をつむってみせた。

どうも、このおみずという人は、只者《ただもの》ではない気がしてきた。

「それで、なんか用があって来たんでしょ？」

「じつは、ちょっと訊きたいことがありましてね」

「なあに？」

「おみずさんは、天ぷらを揚げたりするそうですね？」

「揚げるわよ。食べたい？」

「いや、そうじゃなくて。蕗の天ぷらなんてつくれます？」

「ああ、蕗はここにないわね。採ってきてくれたら揚げるけど」

「食べられるんですか？」

「もちろんよ。しゃきしゃきして、あたしはきゃらぶきなんかにするよりおいしいと思うわよ」

「つくしは？」

「天ぷらで？　もちろん食べられるわよ」

「野草だと、ほかに、どんなのが？」

「いまどきだったら、そうね、たんぽぽの葉っぱ、よもぎの葉っぱ、しその葉、きのこ、変わったところだと花にも天ぷらにできるものがあるわよ」

「そうでしたか」

ぜんぶあの庭にあった。

「ただ、葉っぱとか花とかは毒があったりするから、気をつけないと駄目よ」

「じゃあ、野草ではなく、鯉はどうです？」

「おいしいわよ。三枚に下ろして揚げるけど、鯉こくなんかと違って、さっぱり薄味で楽しめるわ」

「鮒は？」

「鮒もできるよ」

紀八の店のすぐ隣で、ずいぶん材料が揃《そろ》うのである。

面倒な仕入れに行かなくて済むのだ。

海の魚も日本橋の市場まで行かなくても、天ぷらにする魚くらいはあの前に上がってくる舟から直接買えばいい。

いろんな品書きが揃う。立派な天ぷら屋の品書きだろう。

では、紀八は天ぷらの材料を得るため、あそこに入って野草を摘《つ》んだりしたため、見つかって曲者《くせもの》扱いされたのか？

だが、れっきとした大名家が、町人が一人、庭に入り込んで野草を摘んだり、池の魚を盗《と》っていたりするのを見つけたからといって、いきなり斬るだろうか？　さんざんお仕置《しお》きはされても、命までは取らないのがふつうである。大名家だって、近所の評判は気にするのだ。

しかも、外に投げ出し、辻斬りに見せかけるなんてことを？

見えてきたと思った線が、またわからなくなった。

四

翌日——。

民斎は、蜂須賀家の前に来た。

下屋敷とはいえ、堂々たる門構えである。

それを見ながらうろうろしていると、

「なんだ、そのほうは？」

後ろから来た武士に話しかけられた。

「は？」

「当家をじろじろ見ておったではないか？」

「はあ。なんとなく問題の起きそうな門構えだなと思いまして」

「なんだと？」

「いえ、わたしは易者なのですが、八卦だけでなく、顔相、手相、さらには家の相と書いて家相までも見るのです」

「なに、家相とな」

武士は興味を持ったらしい。

この武士、見た目や話し方からして、そんなにひどい人物には見えない。少なくとも庭に入っていた者をいきなり斬り捨て、外の道に放り出すようなことはしないだろう。

「その家相を見ると、この屋敷はどうもよからぬものを呼び寄せるような気配を放っておりまして。いえ、これはまあ、易者の勘《かん》でして」

「ちと、待て。詳しく聞かせてみよ」

こんなところではなんだからと、中に入れてくれた。

通されたのは、長屋門の一室である。

「わしは、この屋敷の用人をしている岡井丹波《おかいたんば》と申す」

「易者の鬼堂民斎です」

「家相がよくないというのは？」

「家相というのは、門が向く方角や佇《たたず》まいなど全体を見て判断するのですが、こちらの門はいちおう家格には合ってますが、門戸《もんこ》の鋲《びょう》の打ち方、屋根の傾斜がどうもよくありませんな」

「ほう」

真剣に聞いている。

これはこの用人がなにか悩みを持っているからである。

「こちらの屋敷で、なにかよからぬことが起きていませんか？」

「うむ。じつは屋敷の中間《ちゅうげん》どもがな」

「性質《たち》がよくないでしょう」

と、民斎はすぐに言った。

中間の悩みと言えば、たいがいそれである。多くの大名家もそれで悩んでいる。

しかも、殺しの下手人も見えてきた。

「わかるか?」

「わかりますとも。なにやらろくでもないものが、ぞろぞろと門の周りに取りつくような気配を感じました」

「ほう」

「こちらの中間だけではないですな」

「そうなのだ」

「博奕などもしますか?」

「それだよ。悩みの種は」

「やはり」

「中間どもが部屋でひそかに博奕をしているらしい。それで、金に困ったうちの中間が屋敷のものを持ち出し、金に換えたりするらしいのだ」

「それは厳しく処罰すべきでしょう」

「したのさ。まず渡り中間は皆、辞《や》めてもらった」

「ははあ」

まず、それがよくないのだ。渡り中間というのはうまく扱わないと面倒なことになる。あの連中はもともと荒くれ者が多いうえに、いろいろつながりも多い。いきなり辞めさせたりすると、仲間が集まって来て、仕返ししたりする。ほとんど、やくざのような奴らなのだ。

「しかも、外から中間が入り込むのもいっさい禁じ、門には腕の立つ若い武士を待機させたりもしたのだが、どうもいつの間にか入り込んでは、夜中に博奕をしているようなのだ」

「でしょうな」

「現場を捕まえて、懲《こ》らしめたいのだが、なにせ連中もしたたかだし、こっちも下屋敷ゆえそれほど藩士を待機させるわけにはいかないのさ」

「それなら、わたしが詳しく家相を拝見し、中間が入り込む方法まで特定してみせますよ」

民斎は大言壮語《たいげんそうご》した。それはそうで、入り込む場所はもうわかっている。

その日のうちに――。

民斎と岡井丹波、若い藩士、さらに鉄砲洲界隈《かいわい》の岡っ引きと四人で、紀八の家に張り込んだ。

まだ暮れ六つ（午後六時頃）前の明るさが残っているころである。

「さあ、今日もたんまり儲《もう》けさせてもらうか」

「まったく、ここの中間はちょろい奴らばっかりだぜ」

などと、声が聞こえた。

窓の隙間からのぞくと、五人ほどいる。いずれも屈強《くつきよう》な身体つきをした男たちである。

「うちの者ではないようだな？」

岡井丹波が若い藩士に訊いた。

「違います」

「渡り中間がここから入り込み、こちらの中間を脅すように賭場を開かせては、巻き上げているのでしょうな」

民斎が言った。

五人がぜんぶ塀を越えたところで、民斎たちも後を追うように塀を越えた。

「待ちな、性質の悪い中間ども」

民斎が後ろから声をかけた。

「なんだ、てめえ」

「あ、そっちにいるのはここの用人だ」

「おい、ご用人、いいのか？　おれたち渡り中間の機嫌をそこなうと、お大名にまで迷惑がかかるぜ」

「そうだ。おれたちがいろいろ邪魔をして、上さまのご挨拶《あいさつ》に間に合わなかったお大名だっているんだぜ」

渡り中間たちは強気である。

だが、じっさいそうなのだ。登城中のほかの駕籠《かご》にわざとぶつかって、駕籠かきを怪我《けが》させたり、大名家同士の揉《も》めごとをつくったりするのだ。

岡井丹波はたじろいだ。

民斎からしたら、ここは断固とした態度に出て、いっさいを世間に明らかにし、幕府に対しても取締り強化を願うくらいはすべきだろう。

だが、ここまでのさばらせてしまった責任などを感じて、どうしても皆、弱腰になっているのだ。

武士がこれほど弱気だと、頓珍漢《とんちんかん》に強気な奴がのさばってきたり、しまいには武士の天下がひっくり返ったりする。

もっとも、それはそれで面白い。

「なあに、いいんだ。おめえたちはもう娑婆《しやば》の景色は見られねえだろうから」

と、民斎は言った。

「なんだと」

「この庭に入り込んで野草を摘んでいた男を斬ったのは、おめえたちだよな」

二人、刀を差した中間がいて、そいつらを睨みつけながら民斎は言った。

「泥棒を始末してなにが悪い」

「泥棒ったって、誰もむしらない草を摘んだり、増えすぎてうじゃうじゃいる鯉を獲ったりするくらいじゃないのか。一喝して追い出せばすむことだ。それより、おめえらが都合の悪いところを見られたから斬ったんだろうが。こんなふうにここから入り込んだところに、ばったり鉢合わせした。それで、いきなり斬りやがった」

「じゃあ、おめえらも同じようにするしかねえみてえだな」

他の中間たちも皆、短い刀を一本差している。

それをいっせいに抜き放った。

夕刻の淡《あわ》い光の下で、刃《やいば》の輝きは死神の微笑《ほほえ》みのようである。

「幸い、大名家の下屋敷ってところは、人目も少ないしな」

民斎がそう言うと、

「そう。それで暗くなってから同じようにおめえらを塀の外に放り出しておけば、また辻斬りのしわざになっちまうさ」

まずは、前にいた二人が突進してきた。

力まかせに振り回すだけだが、これはこれで厄介《やっかい》な剣である。

だが、民斎はわずかに下がりながら、笠竹を放った。

象牙《ぞうげ》の笠竹は中間の目を打った。

「うわっ」

さらにもう一人にも。

「ううっ」

こっちは目の下だが、ここも凄《すさ》まじい痛みが顔中に広がる急所である。

民斎は刀を抜くと、すばやく峰を返し、刀を持った中間二人の腕をつづけざまに折れるくらい強く打って、ほかの中間たちの前に立った。

「まだ歯向かう奴は、首の骨を折るぜ」

「ご勘弁を」

中間たちは平伏した。

民斎は、紀八殺しの下手人を捕まえたことで、どうにか後ろめたさも和《やわ》らいだのだった。

五

連中を奉行所に連れて行ったりする後始末を若い藩士と岡っ引きにまかせて、民斎は岡井とともに近くの飲み屋に入った。

岡井はすっかりいい機嫌で、

「おぬし、易者などしているのは勿体《もったい》ない。当藩の藩士になれ」

などと言った。

「いやいや、易者で食べていけますので」

「だが、寒い冬などつらかろうし、病《やまい》に倒れても助ける者はおるまい」

「そんなことないですよ」

「百石くらいなら、わしの力でなんとかなるぞ」

と、岡井は真剣な顔で言った。

「百石……」

町奉行所の同心の給金は、三十俵《ぴょう》二人扶持《ぶち》である。これは石高にすると、せいぜい十五石くらい。

同心には、いろいろほかに稼《かせ》ぐ手段もあるが、それでも給金の倍は稼げない。

民斎だって、占者の稼ぎは給金の二、三倍。百石の給金はそれを上回る。

これはたいした優遇ではないか。

しかも、あの上役の平田から逃げることができるのだ。

気持ちが大きく揺れた。

「ぜひ」

と、喉元《のどもと》まで声が出た。

しかし、民斎はいろいろ荷物を背負っている。先祖代々の厄介ごとや謎が、いま、いっきに押し寄せて来つつある。

ここから逃げてしまうのは、やはり無責任だろう。

「受けたいのは山々なのですが」

「駄目か？」

「運命がそれを許さないみたいです」

いかにも易者めいた返事になった。

自分には、ほかで必要とされるくらいの実力がある——そう思えたのは、民斎にとって嬉《うれ》しいことだった。

ほろ酔い加減で長屋にもどった。

鼻唄まじりに布団《ふとん》へ横になったときである。

「民斎さん」

外から声がかかった。

亀吉の声である。

立ち上がって心張《しんば》り棒《ぼう》を外《はず》し、

「どうしたい?」

「入れて」

亀吉がうつむくようにしながら入って来た。

そのまま布団の上にしゃがみ込む。

「どうしたんだい?」

「昨夜のおっ母さんの態度」

「ああ、天ぷらのことを教えてもらって助かったよ」

「そうじゃなくて、本気で民斎さんに迫ってるでしょ」

「いや、それは」

「あのおっ母さんに民斎さんを盗《と》られるなんて我慢できない」

「え？」

「だったら、あたしを奪って」

民斎を見た。冗談でないのは真剣な目でわかった。

母に負けたくないから？　母と娘が敵？

女ごころはわからない。

「いいのかい、亀吉姐さん」

「あたしだって民斎さんを憎からず思っていたのよ」

叫びながら町内を二、三周したい。

「明かり、消して」

「わかった」

行灯《あんどん》を吹き消した。

しゅるしゅると、亀吉が帯を解《ほど》く音がした。

亀吉の柔肌《やわはだ》が、これから民斎の身体に密着するのだ。

胸がどきどきしてきた。

と、そのとき——。

「お前さま」

長屋の外で声がした。

「え？」

「わたしです」

なんと、逃げた妻のお壺が訪ねて来た。

「ちょっと待って」と言う前に、心張り棒を外しておいた戸が開き、お壺が中に入って来た。

「どうしたんだ？」

「お前さまに話さなければならないことがあって、数日前にも訪ねて来たのですが、ほかの人がこの家に近づく気配があったので、引き返してしまいました」

「ほかの人？」

「胸の豊かな女の人」

それはおみずだろう。忍んで行くとか言っていたのは、本当だったのだ。

「お前も、なんだよ。勝手に出て行って、いまさら」

民斎はなじった。しかも、よりによって、これから女体の竜宮城に足を踏み入れようとしたときに。

亀吉が一度解いた帯を結び、黙って出て行った。

これで、亀吉との仲も終わりなのか。

そんな亀吉のことは、まるでいないように無視して、

「でも、わたしは、あなたを守るためにあの家を出たのですよ」

と、お壺が言った。

「そんな」

「嘘ではありません」

「ま、まず、訳を言え」

「順斎さまから、なにもお聞きになっていませんか？」

「聞いたところもあるし、なにを言っているのかわからないので、聞き流したところもある。いいから、お前の口から説明しろ。いったい、鬼堂家になにが起きているんだ。わしの役目はなんなのだ？」

「わたしが、鬼堂家から分かれた波乗一族の者というのは？」

「聞いたよ」

「その波乗一族は、薩摩と手を組んでいたのです。しかも、その動きに、壱岐の鬼堂一族の多くも加わりました。そのため、薩摩藩とはずっと敵対してきた平戸藩の松浦静山と戦うことになってしまいました」

「そういうことか」

「かつて無敵を誇った静山さまもさすがにお歳《とし》で、大勢の攻撃に敗北してしまいました」

「なぜ、静山さまは薩摩藩に敵対した？」

「静山さまは、自らも異国との交易を夢見ていましたが、薩摩、琉球《りゅうきゅう》、さらにシャムなどの海の道は外して考えていました。だが、波乗一族の頭領・わたしの父である波乗一亀《いちかめ》は、この海の道に関わろうとしているのです」

「そこは駄目なのか？」

「阿片《アヘン》がからんできそうなのです」

「なるほど」

「ただ、波乗一族も完全に薩摩の配下に加わったわけではありません。大昔からおこなって来た海の交易を進めるため、手を組んだだけです。それで、波乗一族が持っている航海術を薩摩に伝えるのはまずいと、いまのところ、父もそれを伝えることはしていません」

「だが、薩摩が納得しないだろう？」

「はい。そのかわり、鬼堂一族に伝わる鬼道《きどう》の秘術を知れば、倒幕の望みまで叶《かな》うだろうと吹き込みました」

「ひでえな」

民斎はムッとして言った。

「申し訳ありません。でも、わたしがあの家にいれば、必ずその仕事をさせられる。それはお前さまを裏切ることになる。そう思って、あの家を出て、松浦静山さまのもとに匿《かくま》っていただいていたのです」

「そうだったのか。でも、鬼堂家の秘術なんか知っても、占いに毛の生えた程度しかわからねえぜ」

「お前さまはご存じないのです」

「なにを」

「鬼堂家に伝わる秘術――それは学問とも、あるいは知識と言ってもよいのですが、この世の法則や運命までも知ることができるのです」

「それは爺《じい》ちゃんも言ってたけど、ほんとなのか？　どうもわしは信じられないんだが」

「水晶の玉というか、ほんとうは水晶ではないのですが」

「だろうな」

「とりあえず、あれに秘密があることは、うちの父や薩摩方も気づいています」

「それを狙って攻めて来る気なのか？」

一刻も早く、順斎のもとに駆けつけたい。

「それがそうでもないのです」

「え？」

「もちろん、いちおう入手はしたいのです。ただ、あれを持っているだけでは、あまり役に立たないのはわかっているのです。じっさい、静山さまに奪われる前は、波乗一族が持っていたのですから」

「いちおうってなんだよ？」

お壺の言っている意味がわからない。

「あ」

お壺は耳を澄ました。

福一郎の鳴き声がする。

「ほっほっほぅーい、ほっほっほぅーい」

危機を告げているのだ。

「追っ手のようですね」

お壺も福一郎の言葉がわかるのだ。

「誰から追われてるんだ？」

「父からです」

「お前が波乗家から？」

「それはそうです。お前さまを助けようとしているのですから」

「では、こっちに来い」

民斎は、床下を開けた。いざというときの逃げ道がつくってある。

ほとんど四つん這《ば》いになって、床下を進み、長屋の裏に出た。

「こっちだ」

裏道を急ぎ、采女《うねめ》ヶ原《はら》の馬場《ばば》あたりまで来た。

「ここで大丈夫です」

「どこから来た」

「それは言えません」

「まったく、お前って女は」

秘密だらけである。

「わたしがお前さまを裏切ったなんて思っていませんよね？」

「それはそうだ」

とは言ったが、じつは思っていた。

「わたしの心はいまだにお前さまのもの」

「そうなのか」

なんか変な気持ちである。

「もう一派、敵がいるのはおわかりですよね？」

「まだいるのかよ」

「では」

お壺の姿が闇に消えた。

動きが素早い。やはりさまざまな訓練をほどこされた女なのだ。

――なんてこった。

一晩のうちに、二人の女から告白されたのではないか。お壺と亀吉。まるで似ていないが、どっちも素晴らしくいい女である。

それなのに、どっちも民斎の腕から逃げ去ってしまった。
――これって女難だよな。
先日、民斎の顔に出ていた女難の相は、このことだったのだと思った。

占わずにはいられない

一

天ぷら屋殺しを解決した翌日――。

鬼堂民斎は、小伝馬町《こでんまちょう》と馬喰町《ばくろちょう》のあいだを流れる竜閑川《りゅうかんがわ》に架《か》かる鞍掛橋《くらかけばし》のたもとにやって来た。

ここらは大川からもずいぶん奥のほうまで入ったあたりで、抜け荷の悪事もここまでは来ないはずである。

つまり、その分のんびりできるだろうと期待したのだ。

占いの客も少なく、昼前に一人観《み》ただけで、早めに上がろうかと思ったとき、

「占いというのは、当たるものかね？」

「は？」

いきなり妙な訊《き》き方をされて、民斎は戸惑《とまど》った。

そう変な客には見えない。

歳《とし》は六十半ば。表情は穏《おだ》やかで、身なりもちゃんとしている。

「いや、易者さんに訊くのは失礼な話だろうが、すごくよく当たるものなのかね？」

すごくよく当たると言えばいいのだろうが、なにか引っかかる。

「占いについて、懸念《けねん》でもありますか？」

民斎は逆に訊いた。

「じつは、一年ほど前から、わたしの店の前に易者が座るようになって、一度、観てもらったら、よく当たるのさ」

「どんなことが当たったので？」

「わたしの性格とか、これまでの人生の歩みとかだよ」

「ま、それはだいたいわかりますな」

わかる部分もあるし、やりとりから推察する技術もある。それで当たったと思わせるのも技のうちである。

「それで、ついつい、仕事のことまで相談するようになったのさ。あげくにはだんだん頻繁《ひんぱん》になってきてね、いまでは毎日、その易者に伺《うかが》いを立てないと、不安さえ覚えるようになっているんだよ」

「ははあ」

そういう人もたまにいる。

毎日、占いをして、こまかくやることを決めたりする。

これが昂《こう》じて、しまいには自分も易者になったりする。

だが、それは自分で占うので、易者に毎日訊くという人は珍しい。だいいち、お金もかかる。

「自分でも、これはよくないな、とは思うんだよ」

「よくないですな。占いに依存して生きるというのは」

民斎は、親身な気持ちからそう言った。

人生には別れ道があり、そこでいろいろ考える。結論を出すのに自信がないとき、占いの意見を借りたり、参考にしたりする。

その程度まではいいが、なんでもかんでも占いで決めるというのは、他人に操《あやつ》られているのといっしょである。

自分の人生は、自分で選び取っていかなければならない——とは思うが、そういうありがたい客も、一人くらいは欲しい。

「わしもそう思う。でも、じっさい占いに頼ったほうが、商売からなにからうまくいくんだよ。この一年で、わたしの店は売上を三倍に伸ばしたんだ」

「そんなに？」

「ああ。すべて、占いの勧めるままだよ」

「わたしの店は〈丸信《まるしん》〉といって、荷車の車輪をつくって売っている」

「商売はなにを？」

「車輪だけ？」

「軸もね。荷車全体もつくってるよ。ただ、車輪のほうが早く傷《いた》むので、何度も取り替えることになる。それで、車輪をおもに扱うことになったのさ」

「なるほど」

「ただ、この商売は、それほど大きな需要はもともと期待できなくてね。使う人が限られているから」

「でしょうね」

食いものなんかだと、皆に欠かせないものだが、荷車となると、大きな問屋とか、運送業だとかという人たちが使うだけだろう。

「それが一年で三倍に増えたんだよ。凄《すご》いもんだよ」

丸信の旦那は、易者のことをすっかり信じ切った調子で言った。

だが、この話、なにか怪《あや》しい。

この前も、やけに当たる元易者と知り合いになったが、そいつはあらかじめ民斎のことを調べていたのだった。当たるはずである。

旦那の言う易者も、当然、それが疑われる。

「それで、いまでも観てもらっているんですね?」

「毎朝ね」

「失礼だが、見料《けんりょう》は?」

「一回で二百文《もん》払っているよ」

「ほう」

毎朝必ず二百文が入るのだ。

こんなありがたい客はいない。

だが、もしも易者が悪党だったら、そんなものでは収まらない。どんどん欲をふくれ上がらせるのだ。

「ほかに、とんでもないことを要求したりするでしょう?」

と、民斎は訊いた。

「とんでもないこと?」

「どこかに寄進しろだの、厄払《やくばら》いをしろだのと」

信じている易者にそういうことを言われたら、決して断わらない。

「いや、そんなことは言われたことないね」

「毎日の見料だけ？」

「そうだよ」

それはおかしい。

食いものにするつもりなら、さらに大金が取れるような方策を仕掛けてくる。

毎日二百文というのは、安くはないが、大店《おおだな》のあるじからしたら、食いものにされるというほどではない。

むしろ、それで遊びを控えたりできれば、逆に倹約にもなる。

「もう一年経《た》っているんですよね」

「毎日観てもらうようになったのは、半年くらい前からだけどね」

半年もかけたら、むさぼり尽くしていなくなっていてもおかしくない。よほど気の長い悪党なのか。

「試《ため》しにわたしが旦那の運勢を観てみましょうか？」

と、民斎は訊いた。

「うん。やってみておくれ」

人相、手相をざっと観て、筮竹《ぜいちく》を引かせた。

「なるほど。旦那のご商売は代々のものですね」

「そうなんだよ」

ここらで車輪を売っているとしたら、それは代々の商売に決まっている。

「おやじさんには苦労させられたんじゃないですか？」

「厳しいおやじでね。でも、亡くなったら、ありがたいと思うんだよね」

そういうものである。

「子どもは娘さんだけだったんですね」

「よく、わかったね。娘に養子をもらったんだよ」

と、丸信のあるじは感心した。

もともと商いに不安があるから、占いなどに頼ったのだ。若旦那が頼りないというのもあるが、この旦那は違う気がした。そこらは占いというより勘《かん》のようなものである。

「がつんとやってもいいんだが、旦那は気が弱いですからね」

「そうかね」

「若いお妾《めかけ》がいるでしょう？」

「そんなふうに見えるかい？」

羽織《はおり》の紐《ひも》が若い。雪駄《せった》の鼻緒《はなお》も派手。若づくりは、若い妾のためだったりする。

「わがままに悩まされてるんだ。でも、かわいいんですよねえ」

と、一通り観て、

「どうです？」

「うん。半分は当たっているが、半分は違うね」

まあそんなものだろう。

ここぞというときに、もっと確率が高ければいいのだ。

ただ、反応で、どれが当たりで、どれが外《はず》れかもわかった。

若い妾はたぶん外れ。羽織の紐や雪駄の鼻緒は、娘からもらったのだ。

「その易者は八卦観《はっけみ》ですか？」

「八卦、人相、手相だよ」

「わたしはそれに、風水や名前の画数、さらに夢まで占いますよ」

民斎が胸を張ると、

「まあ、要は当たるかどうかだからね」

と、あるじは言った。

やはり、いま観てもらっている易者は当たると、自信を深めたらしい。

民斎としては、比べられて捨てられたみたいで、じつに面白くない。

帰りぎわ、民斎は両国橋のほうにもどって、その易者を見てみた。

馬喰町の二丁目と三丁目のあいだの角に座っていた。

前は〈丸信〉で、なるほど車輪がいっぱい並んでいる。間口も十間《じっけん》（約一八メートル）近い、かなりの大店と言っていいだろう。

こっちも易者の恰好《かっこう》なので、客の相手をしている隙《すき》に、すばやく通り過ぎていろいろ確認した。

「ずばりお見通し。富士堂《ふじどう》派易者・三田村雲斎《みたむらうんさい》」

という看板を出している。

見た目は怪しげというほどではない。髭《ひげ》もなく、着物はこぎれいである。

むしろ、きちんとしたお店者《たなもの》のようだった。

二

次の日も、鞍掛橋のたもとに出て来た。

昨夜、あの易者の手口を考えた。

八卦はもちろん、占いなどというのは、そうそう当たるものではない。ぜったい裏があるのだ。

となれば、すぐに思いつくのは、この易者とつるんでいる奴が、丸信の内部にいるということである。そいつが、商売のことや、旦那の性格などを、あらかじめ伝えておけば、いくらでも当てられる。

だが、手代あたりではそんなに大きな儲《もう》けが期待できるような話は知らないはずである。

商売の先が見えるとなれば、番頭だろう。

また、あの旦那が来たら、「番頭にお気をつけて」と忠告してやらないといけない。

と、そんなことを考えていたら――。

「じつは、易者さんに訊きたいことがあるんですが」

五十がらみの小肥《こぶと》りの男が立った。

「なんだね？」

「占いというのは、当たるものなのですかね？」

「は？」

丸信のあるじと同じようなことを訊いてきた。

「じつは、わたしはある店で番頭をしていましてね、うちのあるじって人がやたらと占いに凝《こ》って、すっかり当てにしているんですよ。商売のことからなにから、ぜんぶ、その易者に頼り切っているんです」

なんだか聞いたような話だが、そんなことはおくびにも出さず、

「番頭として立場がないね」

「そうなんです。しかも、その占いがまた、よく当たりましてね。おかげで、うちの店はこの一年で売上が三倍ほど伸びたんです」

「ほう」

「そんなに当たるものかと思って、ちょうど別の易者さんが来ているから訊いてみようと思った次第なんです」

　驚いたものである。

　この男が丸信の番頭なのだ。

　てっきり番頭が易者とつるんでいると思っていた。

「じつは、あんたのあるじも……」

　とは言わないまま、

「そういうことはときどきあるんだが、じつは店の者が易者とつるんでいて、内輪の

事情をあらかじめ易者に教え、当たるようなことを言わせていたりするんだよ」

そう言って、番頭の反応を見た。

「ははあ。だが、それはないですね」

「なぜ？」

「その易者が勧めることは、わたしも二人の手代もぜったい思いつかなかったり、思いついても反対するようなことなんです。本所の相生河岸《あいおいがし》あたりに出店をつくれとか、車輪にいくつか色違いのものをつくって、客に選ばせるようにしろとか、まるで思いも寄らなかったことばかりなんです」

「いい考えじゃないのかい？」

「いま、思えばそうですが、そのときは、うちはずっと地道に商売をやってきたのだからと猛反対していたのです。でも、あるじは易者のほうを信じて、押し切った結果の成功でした」

「そうなのかい」

たしかに奇妙である。

「いまはまだ毎日二百文程度の見料を払っているくらいだからいいのですが、いつかいっきに、とんでもないことを言ってくるのではないかと心配なんです」

「そう、それがいちばん心配だよな」

「でも、あるじは信じるでしょうね」

その一発で、たぶん全財産が奪われるのだ。

三

民斎は奉行所にもどり、浪人者ふうに変装して出直すことにした。

あの三田村雲斎に観てもらい、ついでに考えていることを探ってやろうと思ったのである。

「わしは用心棒の仕事をしているのだが、上役がひどくてな」

と、声をかけた。

むろん、平田源三郎を想定している。

こういうときはまったくの嘘《うそ》は言わず、ある程度、ほんとの悩みを打ち明けたほうがいい。そうしないと、易者としての力量が探れないのだ。

「どれ、では八卦で占ってみよう」

と、筮竹を引かされた。

「どうだね？」

「その上役はそんなに悪い人ではないようだがね」

「あいつが？」

「部下にも慕われているはずだよ」

「それはないなあ」

「部下はあんただけかい？」

「いや、ほかにもいるよ」

「そっちの人たちに好かれているのかな」

ただ、数人の取り巻きがいるのはたしかである。猿田、雉岡あたりはそうだろう。

「そいつとは離れられないかね？」

与力にも、養生所《ようじょうしょ》詰めとか、変なところに詰める役職もある。そっちに回ってくれれば、直接、顔を合わせる心配はなくなるのだ。

「離れないね」

「駄目かよ」

「その人とは、ともに戦う羽目《はめ》になりそうだよ」

「嘘だろ。ほんとにわしが思っている奴のことか？」

「そうですよ」

雲斎はムッとしたらしい。

「じゃあ、上になんの字がつく？」

「子どもみたいですな」

「いいから言ってくれ」

雲斎は、八卦の本をめくって、なにか書きつけたりしたが、

「げ、ですね」

「外れ。ひ……」

と言いかけたが、平田の名前は源三郎である。

当たったのかもしれない。


夕刻——。

早めに帰るつもりらしい三田村雲斎のあとをつけてみることにした。

あれくらいの占いの実力で、大店の売上を三倍にするまではできないはずである。

とすれば、やはりなにか仕掛けがあるに違いない。

馬喰町から室町のほう。日本橋を渡って、まっすぐ京橋《きょうばし》へ。

ここらで、ずいぶん遠くから来ているもんだと呆《あき》れた。

馬喰町あたりに座るなら、せいぜい日本橋の北から神田界隈《かんだかいわい》が住まいのはずである。

さらにまっすぐ進んで芝口橋も渡った。

あいつ、ほんとに易者なのか？

増上寺《ぞうじょうじ》を越え、金杉橋を渡ったところでようやく右に折れた。

だが、新堀川《しんぼりがわ》沿いにまだまだ歩いて行く。

とうとう麻布《あざぶ》まで来た。仙台坂《せんだいざか》を登り切る。

町人地の路地に入った。ようやく長屋に着いたらしい。

麻布が住まいなら、もっと近くにいくらでも場所がありそうである。いったい、どういうつもりで馬喰町まで通うのか。

「お帰りなさい」

「ちゃん」

と、声がした。女房子がいるらしい。

長屋住まいだが、ここは九尺二間《くしゃくにけん》の間取りのような貧乏長屋ではなく、たっぷり二《ふた》間《ま》ほどあって、風通しもよさそうないい長屋だった。

こういう暮らしを送っているなら、それほど悪事にも関わらないで済むのではないか。

すると、やはりただのよく当たる易者なのかもしれない。

そこまでたしかめて帰ろうとしたとき。

ほかの住人が帰って来た。

四角い頭巾《ずきん》に、筒袖《つつそで》にかるさん。一目でわかる易者の恰好である。

さらにつづいて、やって来たのも、見るからに易者。

——ここは易者長屋なのか。

二棟並びで十世帯。その全員が、易者のようだった。

四

次の朝——。

民斎は早めにこの長屋に来ると、昨日の三田村雲斎とは別の易者のあとをつけてみた。

この易者もずいぶん遠くまで行く。馬喰町どころではない。

上野《うえの》まで来て、ようやく座った。

その前にある店を見て、驚いた。なんと、車輪を売る店だった。

——もしかして。

ほかにも、どこかに荷車の車輪を売っている店があったはずである。

浜松町《はままつちょう》にあったのを思い出した。

上野から浜松町へ。今日は朝から恐ろしく歩き回る日である。木挽町の長屋から、麻布本村町《ほんむらちょう》、上野の広小路《ひろこうじ》から浜松町。

増上寺の門前でもある浜松町に来て、

——やっぱりだ。

車輪を売る〈遠州屋《えんしゅうや》〉という店があり、その前にも易者が座っているではないか。看板には、「富士堂派」とあった。

——どういうことだろう?

仕掛けを考え、すぐに結論が出た。あの富士堂派という易者の集団は、荷車の車輪の業界ぜんぶに食い込み、それを占いによって牛耳《ぎゅうじ》っていたのだ。

あるじが占いにはまれば、つぶしたりするのは簡単である。繁盛させることもできる。ほかの店をつぶし、その店に客が集まるようにすればいい。

たぶん、丸信の近くにある車輪屋を占いに夢中にさせたうえで、二軒つぶした。

それで丸信に客を集めた。

当然、丸信の売上は三倍に伸びたわけである。

民斎は、この易者に声をかけてみた。

「あんたは流行ってるかい？」

民斎は、流行らない易者という顔になっている。

「まああだが、この富士堂派って仲間が儲かってるので、おれも食えてるよ。富士堂派に入れてもらうまでは苦しかったけどね」

「富士堂派ってなんだい？」

「富士堂一斎《いっさい》っていう易者がつくった、まあ教えみたいなもんだよ。一斎さんはまだ若いんだ。二十四、五じゃねえかな。元は寛永寺《かんえいじ》の小坊主をしてたって話だ」

「ああ」

聞いたことがある。

民斎もいちおう神島《かみしま》易団という一派に属していて、そこでたまにおこなわれる講習会に参加する。そこで噂《うわさ》を聞いたのだ。

恐ろしく知恵が回る易者。小坊主上がりの天才と。

それが、流行らない易者を集めて、こういう仕掛けを企《たくら》んだのだ。

ある目的を持って易者を使えば、さまざまな裏事情が集まってくる。それを分析し、次にやることを示唆《しさ》するのだ。

もちろん馬鹿にはそんなことはできない。

——悪賢《わるがしこ》い奴だなあ。

と、民斎は半《なか》ば感心した。

翌日——。

民斎はまたしても麻布本村町の易者長屋に行き、頭領である富士堂一斎のあとをつけてみた。この男が一斎であるのは、手にしていた看板に名が書いてあったのですぐにわかったのだ。

こいつも車輪の店の前に座るかと思ったら違った。

なんと、芝神明町《しんめいちょう》まで来ると、運送屋の前に座ったではないか。

——ははあ。

こいつは、車輪屋の業界をほぼ征服したつもりでいるのだ。

そして、すでに次の業界に目をつけた。それが運送業。

これから丸信のあるじに言うことも、なんとなくわかってきた。

たぶん、こう言い出すのだ。深川にあるなんとかという車輪屋を買い取って出店にするといい、と。

だが、今度の買収はいままでと違って巨額の資金がいる。

丸信のあるじは、占いを信じ切っているから、なんとか資金を調達し、この車輪屋を買い取るだろう。

ところが、この車輪屋は、多額の借金を背負っている。

もちろん借りている先は、富士堂一斎に違いない。

いきなり借金がふくれ上がった丸信もいっきに経営が悪化して倒産。

こうやって、江戸の車輪の業界は、すべて富士堂一斎のものになるのだ。

民斎は、天才易者のお手並みを拝見するつもりで声をかけた。

「わしのことを観てもらえんかね？　まるで流行らないんだ」

富士堂一斎は、民斎の顔をじいっと観て、

「ほんとに観るのかい？」

と、訊いた。

「もちろんだよ」

「あんたの占いは、本気とも思えないけどな」

一斎はどきりとするようなことを言った。

「なんで？」

「易者にしては武芸の鍛錬をし過ぎだし」

民斎の指のあたりでできた胼胝《たこ》を見たのだ。

こいつは、易学の天才というより、人を見る目が凄いのだろう。

「そりゃあ、元は浪人だもの」

と、ごまかした。

「それより、あんたには宿敵がいるね」

と、富士堂一斎は言った。

「宿敵？」

「そう。先祖代々、その宿敵から財宝を奪われたりする」

「ふうむ」

宿敵として思い浮かぶのは、鬼堂家から分かれて敵対するようになった波乗家くらいしかない。

だが、先祖代々というと、ちょっと違うのではないか。

「その宿敵は変な臭いがするみたいだな」

「変な臭い？」

もしかしたら、平田の口臭のことか。

「あんな奴が宿敵かよ」

と、民斎は思わず言った。

「もし、易者で食って行きたいのなら、わたしに相談すればいい」

「なぜ？」

「ちゃんと食っていけるようにしてやるよ」

「そんなことができるのかい？」

「易者というのは他人の秘密を握ることができるんだ。それで、一つの業界をくわしく探れば、やがて業界全体を牛耳ることができるのさ。ま、わたしを信じてついて来るがいいさ」

そう言って、唇をねじ曲げながら笑った。

これでこいつの正体は摑《つか》んだ。

あとは、平田に報告し、捕縛してもらうだけである。

かなり大がかりな詐欺《さぎ》という罪になるだろう。

報告のため、奉行所に行った。

平田が出かけていて、定町廻《じょうまちまわ》りの犬塚伸五郎がいた。このところ、民斎の目を避《さ》けたりしているが、

「いちおう、報告しておいてくれないか」

と、声をかけた。

「ああ、いいよ」

富士堂派の悪事について、これまで摑んだことを語った。

「わかった。報告しておくよ。それにしても面白いな。大がかりな易者仲間の詐欺か」

「おそらくすべてを動かしているのは、頭領の富士堂一斎てえ奴だけだ。あとの易者たちはほとんどわけのわからねえまま操られているって感じだな」

女房子がいる下っ端の易者は、できれば助けてやりたい。

「じゃあ、まず富士堂一斎を押さえるよ」

「なあ、犬塚。あんたが探り当てたことにしてもいいんだぜ」

と、民斎は言った。

「え？」

「うるせえんだろ、平田が？」

「まあ、そうだが。いいよ。それはあんたに悪いよ」

犬塚はすまなそうな顔をした。

「かまわねえよ。どうせわしの手柄はぜんぶ平田に持っていかれるんだ」

「それはおれもいっしょだよ」

「ま、好きにしてくれ。じゃあな」

「鬼堂」

と、犬塚が呼んだ。

「なんだ？」

「あとで、また、会うかもしれねえ」

「わしと？」

「ああ」

「ははあ。〈ちぶさ〉って店でか？」

平田がもう一度口説《くど》いてみる気になったのではないか。それに犬塚も付き合わされるのだろう。

「いや、そうじゃないんだ」

と、犬塚はなんだか悲しげな顔をした。

五

犬塚の言うことが気になって、今日は八丁堀の役宅に向かうことにした。なにか相談ごとにでも来るのだろうと予想したのである。

ところが、まったく意外な敵が姿を現わしたのである。

地下室に降りて、順斎と将棋を指していたら、

「ほーい、ほーい」

ふくろうの福一郎がしきりに鳴きはじめた。

こんな鳴き方はいままでにない。よほど異常なことが起きているのだと直感した。

窓辺に寄り、外の闇を見た。

「嘘だろう」

この家の周りを何人もの男たちが取り巻いていた。

そして、そいつらを指図している者は、うんざりするほど見覚えのある男だった。

なんと、平田源三郎が町方の同心を引き連れて、鬼堂家の役宅を包囲しているのだ。

「襲撃だぜ、爺《じい》ちゃん」

「ああ。迎え撃つしかあるまい」

順斎も机に武器を並べた。

ただ、今回は鉄砲や火薬の類いを使う気はないらしい。

弓や手裏剣ばかりが並んだ。音のしない武器である。

「このひと月、あいつらの雰囲気がおかしかった理由がやっとわかったぜ」

と、民斎は言った。

「そうなのか」

「おれと戦う羽目《はめ》になりそうだと思っていたからなんだ」

「怯《おび》えているふうだったか?」

「いや、そうでもねえ。どちらかというと申し訳ないという顔だったかな」

「そりゃあ舐められているんだな」

「ふざけやがって」

だが、人数はかなりいる。

犬塚がいる。それに猿田と雉岡も加わっている。

あとは平田の家の中間《ちゅうげん》が三人。ぜんぶで七人いる。

こっちは上にごん太がいるが、おそらくなにも気づいていないだろう。

奴らはきわめて静かに接近して来ている。あいつらにしても、こんなことをしているとは、八丁堀の連中に知られると困るのだろう。

「いったいなんなんだ、あいつらは？」

と、民斎は訊いた。

「民斎。まだわからぬか？」

「わからないよ」

「関ヶ原の合戦から五十年ほど前のことだ。壱岐の島は、本土からやって来た男にさんざんに打ち負かされ、鬼堂家が貯《た》め込んだ財産はあらかた奪われてしまったのよ」

「この水晶玉も？」

「いや、それは数少ない手元に残ったものさ。いったんは波乗家に奪われたが、最近になってようやく静山さまが取り返した。だが、その玉の詳しい使い方などが記された巻物はすでに奪われていた」

「ほかには？」

「わからぬ。とにかくいちばん大事な鬼道《きどう》の書がないのだからな」

「なんてことだ」

「元はといえば、鬼堂家の者が海賊として、本土の者から略奪などをしていた仕返しだったようだ」

「そうなのか」

「しかも、われら鬼堂家のご先祖たちは、その者に降参したという書状まで手渡している」

「降参かよ」

「情けない話だがな」

「その話、なんか聞いたことあるよな」

すごく嫌な予感がしてきた。

「あるだろうな」

「有名になってないよな」

「いや、有名な話だ」

「もしかして、子どもなら誰でも知っているという話か」

「ああ」

順斎は苦々《にがにが》しく顔をしかめてうなずいた。

「桃太郎《ももたろう》じゃないよな？」

頼むから違うと言って欲しい。

「そうじゃ」

「なんてこった」

民斎は頭を抱えた。

お伽噺《とぎばなし》は本当にあった話だった。それどころか、退治され、降参した鬼たちというのは、自分たちの先祖だった。

「むろん、お伽噺は子どもに聞かせるような間の抜けた話になっている。じっさいはあんなものではない。激しい戦闘がおこなわれた」

「犬と猿と雉は？」

「あれは喩《たと》えのようなものだ」

民斎はしばらく唸《うな》った。平田の子分の名前を思い出した。犬塚、猿田、雉岡。

恐ろしく嫌な推測が浮かんできた。

「まさか、その桃太郎の子孫が？」

「あいつだよ」

「平田源三郎の先祖が桃太郎かよ！」

民斎は泣きたくなってきた。

「鬼堂家は松浦家よりも、むしろ平田家の家来のようになっていたのだ。だが、その平田家も関ヶ原の合戦で敗れ、江戸にやって来た。そして、江戸の治安のために働くようになり、町奉行所の与力となった」

「鬼堂家は？」

「平田家に降参したという事実があり、平田家が与力なら、鬼堂家は同心ということに」

「くわぁあ」

情けない声を上げた。

「それから数百年。平田家は鬼堂家に対し、ずっと優位を保ってきた。だが、幕府の序列に組み込まれたため、とくに強い不満も起きず、最近までつづいてきた」

「それがいま、なんだって？」

「壱岐の島で起きた波乗家の暴走を察知したのだろう。平田家としては、そうした勝手なふるまいは許したくない。もう一度、自分の配下に置きたいが、壱岐の島に攻め入るには、兵や武器も足りない。そこで、鬼堂家に伝わる秘術を手中にしたくなってきたというわけさ」

「そういうことかよ」

天井の板が剝がされる音が聞こえてきた。

たぶんごん太は当て身の一発でおとなしくなったのだろう。

「ここの天井は丈夫なのか？」

「いちおう太い梁《はり》を渡して、頑丈にはしているが、上から掘られたら、破られるわな」

「まずいじゃないか」

「火薬が使えればいいのだが、相手があいつらではあとで言い訳ができぬからな」

波乗一族に襲撃されたほうがまだましである。どんな武器を使おうが、抜け荷の一味が襲ってきたとか言って、いくらでもごまかしが利く。

上司の与力たち相手に火薬を爆破させたなんてことになれば、鬼堂家はたちまち破滅である。

「静かに戦って……」

「静かに守り切るのだ」

順斎が言った。

「そして明日からはまた？」

「そなたは、なにごともなかったかのように、奉行所勤めに励《はげ》むのさ」

そうするしかないのだろう。

「参ったな」

天井を破られ、上から狙い撃ちされたら戦いようがない。

「民斎。安心せよ」

「なにがだ？」

「ここからさらに抜け道がある。そなたはそこから出て、背後からあいつらを狙え」

「どこだ、抜け道は？」

「ここだ」

と、奥の神棚の下を指差した。

ここから先の奮戦ぶりは、民斎もあまり覚えていない。

とにかく必死で筮竹を投げつけ、刀を振るった。

猿田と雉岡の肩先を切った。深手ではないが、戦闘力ががくんと落ちた。

犬塚が猛然と刀を振り回してきたが、民斎は身体を低くしてやりすごし、足を何度となく蹴った。

犬塚もついに横に倒れた。

「曲者《くせもの》は、どこだ？」

民斎は闇に向けて大声で怒鳴《どな》った。

考えたら、こっちはそれほど秘密にしなくてもいいのだ。困るのは平田たちのほうなのである。

近所の家の窓が開く音がした。

「どうかしたのか、鬼堂？」

隣家の同心が訊いてきた。

「曲者みたいなんだ！　八丁堀に曲者が現われた！」

民斎は叫んだ。

「なんだって？」

周囲の家々からおっとり刀で飛び出して来る気配である。

「糞《くそ》、民斎。卑怯《ひきょう》だぞ」

平田の声がした。

「なにが卑怯だ。てめえこそ、私怨でこんなことをしてるんじゃねえか。ふざけるなよ。誰が桃太郎だ。この口臭男！」

この際だから溜《た》まった鬱憤《うっぷん》も晴らしたい。

平田たちも退散していく気配である。

最後に平田は言った。

「民斎。このことはすべて極秘だぞ。明日からはまた、おれとお前は上役と部下だ」

「…………」

想像すると、それはうんざりするような日々だった。

〈初出一覧〉

人巻き寿司　小説ＮＯＮ　二〇一三年三、四月号
仔犬の幽霊　小説ＮＯＮ　二〇一三年五月号
女難の相あり　小説ＮＯＮ　二〇一四年五月号
どっちがいい男　書下ろし
死を呼ぶ天ぷら　書下ろし
占わずにはいられない　書下ろし

女難の相あり

一〇〇字書評

切・り・取・り・線

購買動機（新聞、雑誌名を記入するか、あるいは○をつけてください）	
□（　　　　　　　　　　　　　）の広告を見て	
□（　　　　　　　　　　　　　）の書評を見て	
□ 知人のすすめで	□ タイトルに惹かれて
□ カバーが良かったから	□ 内容が面白そうだから
□ 好きな作家だから	□ 好きな分野の本だから

・最近、最も感銘を受けた作品名をお書き下さい

・あなたのお好きな作家名をお書き下さい

・その他、ご要望がありましたらお書き下さい

住所	〒				
氏名		職業		年齢	
Eメール	※携帯には配信できません	新刊情報等のメール配信を 希望する・しない			

この本の感想を、編集部までお寄せいただけたらありがたく存じます。今後の企画の参考にさせていただきます。Eメールでも結構です。

いただいた「一〇〇字書評」は、新聞・雑誌等に紹介させていただくことがあります。その場合はお礼として特製図書カードを差し上げます。

前ページの原稿用紙に書評をお書きの上、切り取り、左記までお送り下さい。宛先の住所は不要です。

なお、ご記入いただいたお名前、ご住所等は、書評紹介の事前了解、謝礼のお届けのためだけに利用し、そのほかの目的のために利用することはありません。

〒一〇一－八七〇一
祥伝社文庫編集長　坂口芳和
電話　〇三（三二六五）二〇八〇

祥伝社ホームページの「ブックレビュー」からも、書き込めます。

http://www.shodensha.co.jp/bookreview/

祥伝社文庫

女難《じょなん》の相《そう》あり　占《うらな》い同心《どうしん》　鬼堂民斎《きどうみんさい》

平成26年5月25日　初版第1刷発行
平成26年6月10日　　　第2刷発行

著　者　風野真知雄《かぜのまちお》
発行者　竹内和芳
発行所　祥伝社《しょうでんしゃ》
東京都千代田区神田神保町3-3
〒101-8701
電話　03（3265）2081（販売部）
電話　03（3265）2080（編集部）
電話　03（3265）3622（業務部）
http://www.shodensha.co.jp/

印刷所　堀内印刷
製本所　関川製本
カバーフォーマットデザイン　中原達治

Printed in Japan ©2014, Machio Kazeno　ISBN978-4-396-34038-4 C0193

祥伝社文庫の好評既刊